新课标·新阅读

教育部推荐读物

十 日 谈

（意）乔万尼·薄伽丘◎著　李　坤◎编译

煤炭工业出版社
·北　京·

📖 十/日/谈

第一天

名师伴你读

1 **名师伴你读**

帮助学生了解文章内容，提高阅读兴趣。

十个年轻人带着各自的仆人远离城市，来到了风景秀美的乡村别墅，开始了快乐的生活。

"圣沙布赖"

一个无恶不作的坏蛋，临死前做了一番假忏悔，骗得神父的信任。神父向人们宣布坏蛋的"忏悔"，结果，坏蛋成了圣徒。

2 **名师精批**

分析词句，引导学生深入理解文章含义。

叙述说明
这个故事的发生称得上是个奇迹。

女士们、先生们，我们做事情时都要考虑到上帝。既然女王命令我第一个讲，那么我就讲一个称得上奇迹的故事，你们听了或许会更加相信上帝，赞美上帝。

从前，法国有一个大商人，名叫木齐亚，因为有钱有势，就买了个爵士的官来当。他有个生财之道——放高利贷，四处放债，所以钱越来越多。有一次，他奉命要去外国出差，需要离开一段时间。可是，他在布根市放的债都快到期了，如果去出差，就不能及时讨债了，而且他听说布根市这个地方的人很狡猾，很难对付。怎么办呢？他想来想去，有一个人替他讨债再合适不过了，这个人就是沙布赖。

叙述说明
引出故事的主人公，这个沙布赖是一个什么样的人呢？

3 **好句积累**

文中精彩句子收集，以便写作借鉴。

他是个公证人，可他的看家本领是制造假文件、假合同；

6

全新的阅读方式,让学生阅读更方便,在有限的时间里阅读到更多的东西,充分享受读书带来的乐趣。名师精评精讲,采取层层深入的方法,逐步解析阅读内容,有助于提高学生的阅读能力。

第三天

常没有满意的结果。我看,我们明天的故事就以结局悲惨的爱情为中心吧。今天剩余时间,大家尽情唱歌跳舞吧!"

他们十个人又度过了快乐的一天。

拓展阅读

名师点拨

第三天,十个人同样讲述了十个故事。这里选取的五个故事都十分典型,突出了女王设置的主题,同时也体现了人性的基本特点,聪明的人,无论他所处何种境地,总能如愿以偿。

回味思考

1.院长是如何躲过非特多的监视,与非特多的妻子在一起的?
2.波特兰对吉达提出什么要求,要吉达做到之后才愿意和她在一起?

好词收藏

膘肥体壮　心满意足　迷迷糊糊　灵机一动　不怀好意

好句积累

🕐门开了,一个睡得迷迷糊糊的女仆,接过国王的蜡烛和手杖,关上了房门。

🕐他刚走出王后的房间,走到大厅黑暗处,就发现国王走出了他的房间,向王后房间走去。

🕐她知道这青年和神父是朋友,于是就决定想办法让神父替他们传递消息。

🕐但他不舍得花大价钱买,总想找机会买便宜的,最好是不要钱的。

4 名师点拨
分析文章的深层含义,让学生掌握重点。

5 回味思考
提出针对性问题,让"读"与"想"紧密结合。

6 好词收藏
收集精彩词语,丰富写作知识,让写作得心应手。

作品导读

作者简介

乔万尼·薄伽丘是意大利文艺复兴运动的杰出代表、人文主义杰出作家，与诗人但丁、彼特拉克并称为"佛罗伦萨文学三杰"。其代表作《十日谈》是欧洲文学史上第一部现实主义作品，它批判宗教守旧思想，主张"幸福在人间"，被视为文艺复兴的宣言。

薄伽丘是位才华横溢、勤勉多产的作家。他既以短篇小说、传奇小说蜚声文坛，又擅长写作叙事诗、牧歌、十四行诗，在学术著述上也成就卓著。传奇小说《菲洛柯洛》是薄伽丘的第一部作品，写于 1336 年左右。它以西班牙宫廷生活为背景，从中世纪传说中汲取素材，叙述了一个信仰基督教的少妇和一个青年异教徒的爱情故事。他们冲破种种阻挠，有情人终成眷属。《十日谈》中有两则故事就取材于这部作品。《菲洛柯洛》是欧洲较早出现的长篇小说。

乔万尼·薄伽丘所著的《十日谈》是世界文学史上具有巨大社会价值的文学作品，意大利近代著名评论家桑克提斯曾把《十日谈》与但丁的《神曲》并列，称为"人曲"。

内容提要

在佛罗伦萨闹瘟疫期间的一个清晨，七个年轻美丽而富有教养的小姐，在教堂遇到了三个英俊热情的青年男子。七位小姐中的三人是他们的情人，别的几位和他们还有亲戚关系。他们决心带着仆人，离开佛罗伦萨这座正在走向死亡的可怕城市。他们相约两天后到郊外的一座小山上的别墅里去躲避瘟疫，那里环境幽雅，景色宜人，有翠绿的树木环绕，有曲折的走廊，精致的壁画、清澈的清泉和悦目的花草，地窖里还藏着香味浓郁的美酒。这 10 位年轻人每天不是唱歌弹琴，就是跳舞散步。在暑气逼人的夏季里，他们坐在绿草茵茵的树荫下，大家商定每人每天讲一个优美动听的故事，愉快地度过每一天，他们一共讲了 10 天（其中因为种种原因耽误了 5 天，共计 15 天，但是就讲故事的时间而言是 10 天），10 天合计讲了 100 个故事，这些故事收集成了集子，即为《十日谈》。

写作背景

　　1348 年，意大利的佛罗伦萨发生了一场可怕的瘟疫（本书所指的瘟疫是 14 世纪四五十年代欧洲的鼠疫大流行，"黑死病"这个名词就来源于此）。每天，甚至每小时，都有大批的尸体运到城外。从 3 月到 7 月，病死的人达 10 万人以上，昔日美丽繁华的佛罗伦萨城，变得坟场遍地，尸横遍野，惨不忍睹。这件事给当时意大利一位伟大作家薄伽丘以深刻影响。为了记下人类这场灾难，他以这场瘟疫为背景，历时 5 年，写下了一部当时意大利最著名的短篇小说集《十日谈》。

　　据薄伽丘讲，《十日谈》中的故事都是有理有据的。作品歌颂生活，赞美爱情是才智的高尚的源泉，歌颂自由爱情的可贵，歌颂了人们的聪明才智，等等。作品也揭露了封建帝王的残暴，基督教会的罪恶，教士修女的虚伪等等。薄伽丘是在佛罗伦萨长大的，他从小向往民主自由，对教会的黑暗统治表示不满，长大后多次参加政治活动，反对封建专制。《十日谈》就是他反封建、反教会的有力武器。《十日谈》后，薄伽丘受到封建势力的迫害和打击，时常被教会派来的人咒骂和威胁。他有一次甚至想把所有的著作，包括《十日谈》全部烧毁，幸好他的好朋友——意大利著名的民主诗人彼特拉克苦苦相劝，《十日谈》才得以留存至今。

　　《十日谈》里的故事来源广泛，薄伽丘广撷博采，从历史事件、中世纪传说和民间故事（如《七哲人书》《一千零一夜》等）中汲取素材。但薄伽丘把这些故事的情节移植于意大利，以人文主义思想加以改造和再创作。

艺 术 成 就

　　《十日谈》采用故事会的形式，以框架结构把这些故事有机地组成一个严谨、和谐的叙述系统。大瘟疫是一个引子，点明社会现状，100 个故事在命题下展开，故事中的人物也常讲故事，这样大框架中套小框架，故事中套故事，鲜明地表达了作者的情感和观念，具有引人入胜的艺术魅力。

　　它以古典名著为典范，吸收了民间口语特点，语言精练流畅，又俏皮生动，描写人物微妙具体又灵动多姿。

　　对时代进行了全景式的描绘，并刻画了形形色色的人物形象，囊括了社会各个阶层的人物，概括生活现象，描摹自然，叙写细节，刻画人物心理。

　　以人文主义的理性精神对教士的丑行进行嘲讽，具有狂欢的喜剧特色。

　　《十日谈》的行文以朴素的口语为特色，叙述简洁明快、生动紧凑，没有繁文虚饰，开创了欧洲短篇小说的独特形式，对欧洲文艺复兴产生了重大影响。

目录

引 子

读者朋友,我知道你们都是富有同情心的人,读了故事的开头,可能会觉得过于悲惨。不过,这就好比我们在山区旅行一样,千辛万苦地爬过一座凶险的山峰后,眼前会展现出一片美丽的风景。所以读过悲惨的故事开头后,你会觉得后面的故事更精彩。

故事要从耶稣诞生后的1348年讲起,在佛罗伦萨这个意大利最美丽的城市,发生了一场令人恐怖的大瘟疫。也许是上帝要惩罚人类的罪恶吧,这场由东方开始的瘟疫很快就蔓延到了西方。染上瘟疫的人,开始是腋下肿痛,很快,那些肿痛的地方就长起了肿块,有的甚至有鸡蛋大。不久,这种肿块会长满全身,一旦染上这种病,最多三天就会死亡。全城的医生没有一个知道这是什么病,更不知道用什么办法去治疗。更为可怕的是这种病的传染性极强,健康人一旦接触到病人,立即就染上了病毒,不过三天也死亡了。不要说接触病人,就是接触到病人用过的衣服物品什么的,也会染上病毒。最可怕的是不但人会被染上这种瘟疫,就连动物也会传染上。有一次,一户人家死了人,家人怕被染上病毒,就把死人的衣服物品远远地扔到垃圾堆里。在垃圾堆里找食吃的猪用鼻子拱拱衣服,又用嘴咬了咬衣服,不久,这头猪就在地上打起滚儿来,一会儿就死在了这堆衣服上。

背景介绍

叙述了故事发生的时间、地点和事件。

叙述说明

这种瘟疫传染源很多,传播迅速,而且染病率极高,体现其恐怖。

就这样,几个月间城里死了成千上万的人,有的家庭一个不剩全死光了。刚开始的时候,得瘟疫死亡的人被送到教堂墓地,家人为他举行葬礼,神父为死者祈祷。到后来,人越死越多,根本顾不上举行葬礼,死尸被送到墓地一埋了事。再后来,人死得太多了墓地不够用,人们只能把死尸堆在墓地上,连埋都不埋。到最后,连大街上都堆满了尸体。

恐怖的死亡使人与人之间亲密的感情也变得淡漠了,家里有了病人,家人根本不去照顾,都害怕染上瘟疫。病人死了,就往大街上一扔。亲朋好友之间也不走动,都害怕出去染上病。侥幸活着的人,有的找干净的房子住下,闭门不出,认为这样就能保住健康;有的人认为死亡说不定哪一天就会落到自己头上,干脆什么也不顾了,饮酒狂欢,纵情享乐,活一天算一天,甚至有人赌博、打架、抢劫,胡作非为,也没有人惩罚他们,因为政府官员、法院的法官、教会的神父快死光了,剩下的也闭门不出,根本不管这些事。有些人丢下了亲戚朋友、财产房屋,逃离了城市。

短短几个月,往日繁华富裕的佛罗伦萨成了一座地狱。

一个星期二上午,有七位年轻的姑娘碰巧都去圣玛利亚教堂做祈祷。她们是好朋友,年龄最大的姑娘叫潘比妮亚,其他几个分别叫菲美达、菲罗美娜、艾米拉、罗丽达、尼菲丽和伊丽莎,因为家中死了亲人,所以七个人都穿着黑色丧服。祈祷过后,她们坐在一起,谈论着城里的情况。

潘比妮亚说:"亲爱的姐妹们,这场可怕的瘟疫把我们的城市变成了空城,人差不多快死光了,有些活下来的人,不顾法律和道德,放纵自己,祸害别人。我们走出门去,看到的不是尸体,就是那些胡作非为的人,就连那些修道院的修士也违背教规,做不光彩的事。而待在家里也同样可怕,因为除了我

叙述说明

在瘟疫面前,人们的感情显得极为淡漠,因为自己的命更重要。

叙述

引出七个姑娘,她们聚在一起,除了去教堂做祈祷,还会做些什么呢?引出后文。

和我的女仆之外，我的亲人全都死了。每天，我们两个人孤零零地在一所大房子里吓得要死。我都不知道这些日子是怎么过来的，更不知道以后的日子该怎么过。如果继续待在这里的话迟早是死，我想来想去，最好的办法是离开这里。我们每个人在乡间都有别墅，不如就搬到乡间别墅去过清静的日子吧。在乡村，我们可以呼吸新鲜空气，欣赏田园美景，倾听鸟儿歌唱，品味人间的快乐。我们可以今天在我的别墅，明天去你的别墅，后天到她的别墅，永远快乐地生活下去。我们的亲人不是死了就是逃走了，我们为什么不能走呢？只要光明正大地离开，就比那些放纵自己的人光彩百倍！"

语言描写

潘比妮亚认为应该离开佛罗伦萨，去乡下生活。

姑娘们听了潘比妮亚的话非常高兴，纷纷表示同意，有的甚至讨论起了具体措施。

菲罗美娜是个谨慎的人，她说："潘比妮亚姐姐的主意很好，但有一个问题我们得考虑到，我们都是女人，力量毕竟有限，如果有几个男人帮助我们，事情就好办多了。"

伊丽莎说："你说得对，可是我们的亲戚死的死，逃的逃，到哪里去找男人帮助呢？请几个不认识的男人一起去又不妥当，我们得小心别人说闲话才行。"

语言描写

伊丽莎担心几个姑娘的名节，不愿随便找几个不认识的男人同行。

说来也巧，这时，有三个青年进了教堂。他们英俊潇洒，对生活充满热情，尽管面临着可怕的瘟疫，但都非常乐观。他们分别叫作旁费罗、菲陀拉多和第奥诺。更巧的是，他们三个正在和其中的三个姑娘谈恋爱呢！

潘比妮亚一见他们便高兴地说："我们真走运，干脆就请他们三个和我们一起去吧，他们肯定乐于帮助我们。"尼菲丽正和其中的一个青年相爱，便说："他们都是优秀的青年，可是我们都知道，我们其中有人正和他们三人谈恋爱，要是和他们同行，会招来闲话的。"菲罗美娜说："身正不怕影子斜，怕什么！要是他们真能参加，这才是天意呢！"

其他人听后都表示同意，于是就请潘比妮亚和那三个青年商量，青年们非常高兴地接受了邀请。

于是，大家分头回家准备去了。

第二天一早，七个姑娘分别带着她们的女仆，三个青年也带着他们的男仆，兴高采烈地出发了。没过多久，就来到了他们事先选好的别墅。

这里的风景美极了！红花绿草，田野清泉，简直是仙境。别墅在一座小山顶上，还有一个很漂亮的花园。别墅里打扫得一尘不染，房间里摆放着盛开的鲜花，大家高兴极了。

他们一边欣赏着美景，一边盘算着以后的日子。第奥诺是个风趣的小伙子，他说："这里太美了，真比城里强一百倍，我们再不用受苦了，让我们尽情欢笑歌唱吧！"潘比妮亚说：

叙述说明

十个人商量好了，便各自回家准备行李去了。

4

"是啊,我们逃离城市,来到这里,就是为了寻找欢乐。不过,我们怎么才能更好地生活呢?我看,我们应该推举出一个首领,由他来选择活动的地点和活动方式,负责让大家过得更欢乐。为公平起见,我们轮流做首领,每人一天。第一个先由大家选举出来,等到晚上,由他指定第二天的接班人,你们看怎么样?"

大家听了这话一致赞成,并推举潘比妮亚为第一个首领。菲罗美娜赶忙跑到一棵桂树下摘了几枝桂枝,编成桂冠,给潘比妮亚戴在头上。

潘比妮亚接受桂冠,做了第一个女王。她发表了"就职演说",表示要尽力为大家服务,让大家过得快乐,为以后的继任者做出榜样。她还任命第奥诺的仆人做总管,负责别墅里的日常起居,旁费罗的仆人管理财物,她的女仆和菲罗美娜的女仆管理厨房,其余的仆人协助管理。大家都觉得这样安排很周到。

他们吃过饭,就在大厅里聊天。第奥诺和菲美达拿出琴来奏起了舞曲,大家高兴地跳起舞来。跳完舞,他们又唱起了动听的歌儿,大家都很开心。

下午,天气很热,他们来到一棵大树下,这里微风习习,花香阵阵,女王说:"现在太热了,不适合出去玩儿,还是坐在这里凉快些。我们来讲故事吧,一人讲故事,大家都快乐,这样也就忘掉了炎热,你们看如何?"

大家都说好。女王说:"今天是头一天,不限内容,个人要讲自己最喜欢的故事。旁费罗,你先带个头儿。"

旁费罗点点头,讲了起来。

语言描写

潘比妮亚认为他们的活动应该具有组织性,并且提出了选出首领的办法。

叙述说明

远离瘟疫,大家对生活都充满热情,开心极了。

第一天

十个年轻人带着各自的仆人远离城市，来到了风景秀美的乡村别墅，开始了快乐的生活。

"圣沙布赖"

一个无恶不作的坏蛋，临死前做了一番假忏悔，骗得神父的信任。神父向人们宣布坏蛋的"忏悔"，结果，坏蛋成了圣徒。

叙述说明
这个故事的发生称得上是个奇迹。

女士们、先生们，我们做事情时都要考虑到上帝。既然女王命令我第一个讲，那么我就讲一个称得上奇迹的故事，你们听了或许会更加相信上帝，赞美上帝。

从前，法国有一个大商人，名叫木齐亚，因为有钱有势，就买了个爵士的官来当。他有个生财之道——放高利贷，四处放债，所以钱越来越多。有一次，他奉命要去外国出差，需要离开一段时间。可是，他在布根市放的债都快到期了，如果去出差，就不能及时讨债了，而且他听说布根市这个地方的人很狡猾，很难对付。怎么办呢？他想来想去，有一个人替他讨债再合适不过了，这个人就是沙布赖。

叙述说明
引出故事的主人公，这个沙布赖是一个什么样的人呢？

他是个公证人，可他的看家本领是制造假文件、假合同；

他最喜欢做的事是发假誓。那时候，发誓是件严肃的事，人们根本不敢乱发誓，可他张嘴就来，根本不用打草稿，骗得别人信以为真。不仅如此，他还喜欢挑拨是非，看见别人有好朋友他就妒忌，于是就向别人的朋友讲这个人的坏话，看到这两个朋友分了手，他心里高兴得就像吃了蜜。此外，他还贪吃，经常出入下流酒馆，吃得肚皮溜圆，喝得酩酊大醉。总之，他是个十足的大坏蛋。

木齐亚怎么想起沙布赖了呢？原来，木齐亚非常欣赏沙布赖的无赖手段，曾请沙布赖帮他讨过债，而沙布赖也觉得帮爵士老爷讨债是很风光的事，所以，木齐亚一对他说请他去布根市讨债，他立刻就同意了。

第二天，沙布赖就带着债务合同，来到了布根市。他寄居在木齐亚的亲戚——一对放高利贷的兄弟——家里，由于路上受了风寒就病倒了，谁知病情很重，竟然卧床不起，眼看就要死了。这两兄弟在沙布赖的房间门外商量，哥哥说："这怎么办呢？我们要是把他赶出去，别人会说闲话的。如果我们去教堂把神父找来给他做死前的圣礼，神父问他一生犯过什么罪，他一向说谎成性，肯定不会承认的；如果不忏悔的话，教堂是不会让他埋进墓地的。"弟弟说："就是他承认一生犯过罪，他犯那么多罪，上帝想原谅他都原谅不过来。"兄弟俩都不知道该怎么办。

沙布赖在房间里偷听到了兄弟俩的谈话，就对他们说："你们说的话我都听到了，不用为我担心。你们只管去教堂找个最有威望的神父来给我做圣礼，我一定让神父相信我是世界上最有品德的人。"

兄弟俩不信他的话，但还是去了教堂，请来了最有学问、最圣洁的神父来给他做死前圣礼。

神父问沙布赖："你上一次去教堂做忏悔是什么时候？"

他一辈子也没去过教堂，更没有做过忏悔，但他却说："尊敬的神父，我从三岁起，每周去做一次忏悔，可是从我一病不起后，已经八天没做忏悔了。"

神父说："既然你从三岁就一直不断地忏悔，那我就不用再问你犯过哪些罪了。"

沙布赖说："神父，你还是问吧！我愿意一点儿不留地把我一生犯过的罪全说出来，乞求上帝的原谅。你不要因为我病倒在床上就宽容我，我一向对自己要求很严格。"

语言描写

沙布赖在神父面前表现得十分谦卑。

神父一听非常高兴，称赞沙布赖说："你真是上帝虔诚的信徒！既然你要忏悔，那么我就问问你吧，你有没有犯过贪吃贪喝的罪呢？"

他回答说："说实话，我犯过，我确实贪吃贪喝，我每星期都斋戒三天。这三天里只吃面包，喝清水。可是，有时我忍不住饿，就会多喝一碗清水，我太贪喝了！"

神父赞叹说："你真虔诚！那么，你犯过贪财罪吗？你得到过不该你得的钱吗？"

语言描写

沙布赖并没有说实话，他将自己说成了一个救济穷人的大好人。

他说："你别看我住在放高利贷的人家里，可是我经常劝他们不要做这些缺德事。我老老实实做工，将来的钱一半儿留作自己用，一半儿分给穷人。"

神父听后说："上帝呀，你很善良！你撒过谎吗？"

他一听这话哭了起来，说："我撒过谎，我五岁的时候撒过谎，这是我犯的最大的罪，上帝一定不会原谅我的。"

神父听罢，安慰他说："这是很小的错误，上帝早就原谅你了。看来你是我见到的最虔诚的人，我就不再问你了。"

他一听哭得更厉害了,说"我还有更大的罪没有说,我曾经在教堂里随地吐痰;还曾经在四岁时骂过我的妈妈,上帝一定不肯原谅我这些大罪的……"

神父诚恳地对他说:"你是最有美德的人,是我见到的最虔诚的信徒,甚至超过了我。你简直堪称圣徒!"

语言描写

神父被沙布赖的话感动了,认为他真的是一个完美的圣徒。

于是,神父就给他做了死前圣礼,又为他举行了隆重的葬礼。在葬礼上,神父当众宣讲了沙布赖的事迹。

人们听后,纷纷称他为圣徒,他被尊为"圣沙布赖"。

旁费罗的故事讲完了,伙伴们都哈哈大笑,还夸奖旁费罗讲得好。

改信天主教

金诺劝一个犹太朋友改信天主教,朋友在去了一趟罗马之后,立即改信了天主教。

女王命令尼菲丽讲个故事,尼菲丽很高兴地接受了,她讲道:

很久以前,巴黎有一个经营丝绸的富商,人品正直,善良忠厚。他有一个犹太朋友,名叫亚伯拉罕,既聪明又能干。

人物说明

介绍了富商和他的朋友亚伯拉罕的为人和性格特征。

有一天,金诺对亚伯拉罕说:"朋友,你现在不信天主教,将来死后上帝不会原谅你的,你就上不了天堂。你还是放弃你的犹太教,改信天主教吧。"

亚伯拉罕说:"犹太教挺好的,我从小就信,为什么要改信天主教?"

金诺就向他说了许多天主教的好处,并说:"我是看在我们是朋友的分儿上才劝你的,别人我还不劝呢!"

亚伯拉罕被金诺劝动心了,他是否会改信天主教呢?

亚伯拉罕不相信他的话。

以后,每次两人见面,金诺就劝亚伯拉罕,亚伯拉罕渐渐地动了心。

有一天,亚伯拉罕对金诺说:"我决定到教皇住的罗马城去考察,看看信上帝的人是不是真像你说的那么好,然后再决定是不是改信天主教。"

金诺一听吓了一跳,因为他知道罗马的教士们各个荒淫无耻,生活腐化,亚伯拉罕见了肯定不会信天主教的。就说:"罗马很远呀,路上又不好走,你还是不要去了。你要信天主教,我们这里有教堂给你洗礼,也有神父给你讲《圣经》。"

亚伯拉罕看到了罗马教士们荒淫无度的腐化生活,他是不是就对天主教死心了呢?

亚伯拉罕不听,去了罗马。

在罗马,他看到了教士们的"高尚美德":玩弄妓女,不知羞耻;贪吃贪喝,各个像酒囊饭袋;贪财,甚至把教堂里的神器都拿去换酒喝。

他非常生气,回到了巴黎。

金诺一见他,便问他感受如何?亚伯拉罕便把教士们的丑行说了一遍,并大骂了一通。

亚伯拉罕的回答让金诺十分吃惊,出人意料。

金诺以为他不会皈依上帝了,不料亚伯拉罕却说:"教士们的罪恶应该受到上帝的惩罚。不过,天主教有这么多坏教士,按理说,早就该灭亡了,怎么还有那么多人信呢?可见,这背后肯定有神灵相助。看来,的确比我们犹太教强,我决定改信天主教!"

金诺哑口无言。

尼菲丽的故事讲完了。

聪明的梅启德

犹太人梅启德面临困境,从容地讲了个关于三个指环的故事,化险为夷。

下面轮到菲罗美娜讲故事了,她说:

尼菲丽刚才讲了一个犹太人的故事,我也来讲个犹太人的故事,他的名字叫梅启德,很聪明,很会说话,很多次都是因为善于说话而摆脱困境。他是个放高利贷的商人,由于精明能干,又悭吝钱财,所以非常有钱。

有个巴比伦国王,热衷于扩充自己的疆土,经常发动战争,加上他生活奢侈,任意挥霍,所以国库经常空虚。他听说犹太人梅启德很有钱,就想找他借钱,但是又听说这个犹太人很吝啬,于是国王就想了个主意,企图迫使梅启德借钱给他。

第二天,国王派人把梅启德请进王宫,笑着对他说:

"亲爱的梅启德先生,我早就听说你是一个大学问家,见多识广,知识渊博。我想请教你一个问题,如果你的回答让我满意,我会赐给你许多宝物;如果你回答得不能让我满意,我就会惩罚你,你明白吗?"

梅启德说:"是什么问题呢?"

国王说:"请问,伊斯兰教、犹太教和基督教哪一种最好?"

梅启德一听,心想:"这是个圈套,如果我说某一种好,他肯定会找出许多理由反对,我无论说哪一种好都不行。"梅启德回答道:

尊敬的国王,你这个问题很有意思,我给你讲个故事,你就会知道答案了:

人物介绍
介绍了梅启德的性格和为人处事的习惯,表现出他的精明能干。

心理描写
表现出梅启德的机智,他知道这是国王为他设的圈套。

11

从前,有一个人,他有一件传家宝——一枚价值连城的指环。他想把这件宝贝传给最好的一个孩子,于是他当着全家人的面宣布:这枚指环要传给最有美德的孩子,别的孩子要尊敬得到指环的孩子。

可是,他的三个孩子都很努力,品行端正,待人真诚。三个孩子都要求把指环传给自己。父亲分别答应了他们,并且背地里找工匠复制了两枚同样的指环。父亲临死前,把三枚指环分别给了三个孩子。

三个孩子都说得到了真正的指环,拿出指环比较,大家分辨不出谁真谁假,因为它们太相似了。直到今天,还不知道哪一个得到了真正的指环。

尊敬的国王,伊斯兰教、犹太教和基督教,就像是上天给三个民族的相同的指环,每个民族都以为自己得到的是真的、但至今还不知结果怎样。"

国王听梅启德这样回答,知道他很聪明,很善于说话,只好赐给了他许多宝物。

语言描写

梅启德用一个故事说明了伊斯兰教、犹太教和基督教之间的关系,十分恰当,体现出他的反应敏捷,十分机智。

修士的计策

年轻修士违反了戒规,被修道院长发觉了,他设计使院长也违反了戒规,逃脱了惩罚。

女王说:"菲罗美娜的故事讲得很好,下面请第奥诺讲。"于是,第奥诺讲起了他的故事:

朋友们,菲罗美娜讲的那个犹太人真聪明,我也讲个聪明的修士的故事。

有一个修道院,里面有许多年轻的修士。这个修道院的

叙述说明

第奥诺说明自己讲述的是聪明的修士的故事。

院长要求修士们非常严格,立了许多清规戒律,诸如,不准亲近妇女,不准随便出门,等等。

举例子
举例说明这个修道院严格的清规戒律。

一个年轻的修士进院修道不久,不习惯那么清苦的生活。有一次趁大家午睡时,他悄悄溜出修道院去玩儿,看到不远处有个姑娘长得很漂亮,就想和她亲近。于是,他走过去,和那个姑娘聊起天儿来,二人都很开心。修士就把姑娘偷偷地带进修道院,进了他的房间。

正巧,修道院院长午睡起来得比较早,他路过年轻修士的房间,忽然听到里面有女人的笑声。他悄悄地靠近窗户,窗户关着,但能隐约听到那个年轻的修士和一个年轻的姑娘在说笑。但他因为没有亲眼看到,就回到自己房间,等年轻的修士出来。

叙述说明
年轻的修道士从墙缝隙中知道院长来过,他会怎么使自己脱离目前可能面临的惩罚呢?

那个年轻的修士似乎听到外面有人,就悄悄走到墙边,原来这堵墙上有一条小缝儿,只有他一个人知道。他往外一看,院长正偷偷从他门边溜回房间。他明白,院长已经知道了里面有个姑娘。他心里很害怕,但很快就想起了一个主意。

他假装什么也没有发生,对姑娘说:"我先出去看看,省得你一会儿出去时碰见别人,那就糟了。"

他走出房间,把门锁上,来到院长的房间,说:"院长先生,我要出去砍柴了,因为上午的任务还没有完成,所以,下午早一点儿去。"说着,把房间的钥匙交给了院长,出去了。

院长心想:哈!你走了正好,趁机可以去证实一下你房间里是不是有女人。年轻人,你万万没想到我已经发觉你犯了错误了,我一定重重惩罚你。

心理描写
院士自己也受不了修道院的清规戒律,他也想过有滋味的生活。

院长来到年轻修士的房间,打开门一看,果然有个年轻漂亮的姑娘。这位院长立刻被姑娘的美貌吸引住了,心想,我修行了这么多年,每天过清苦的生活,真无聊,不如和这美丽姑娘亲热。于是,院长就嬉皮笑脸地和姑娘套近乎。

那姑娘刚开始一见进来的是院长,心里很害怕。可是,一看院长对她有好感,就和院长说笑起来。

年轻修士根本就没有离开修道院,而是躲在走廊里。他看到院长进了自己的房间,就溜到门外,从那条墙缝偷偷往里看,原来院长和那姑娘正在亲热。他又把耳朵贴到墙缝上,听到了他们的谈话。可是,他怕时间长了被别人发觉,就悄悄溜走了。

▶ **叙述说明**
年轻修士听到了院长说的话,为后文埋下伏笔。

到了晚上,年轻的修士回来了。院长一见他,就怒气冲冲地说:"你胆敢违反戒律,我要惩罚你⋯⋯"

年轻修士还没等院长把话说完,就打断他说:"你和我一样该罚!"并把他听到的院长与姑娘的谈话说了一遍。

院长十分尴尬,只好作罢。

婉拒国王

曼菲拉侯爵夫人用一桌母鸡宴,婉言谢绝了国王的挑逗。

大家听了第奥诺讲的故事都笑了起来,女王命令菲美达讲故事。菲美达讲道:

刚才你们讲了几个随机应变的故事,我也知道一个女人很会随机应变。

▶ **语言描写**
菲美达要讲一个关于随机应变的女人的故事。

有一次法国贵族的宴会上,人们谈论起了曼菲拉侯爵和他的夫人,称赞侯爵英勇善战,所向无敌;称赞侯爵夫人相貌美丽、温柔贤惠,还夸奖他们夫妻真是天生一对。这话被出席宴会的国王菲力普听到了,于是他就想得到侯爵夫人。

正巧,曼菲拉侯爵出去打仗了。国王就想到侯爵的封地去见见侯爵夫人,看能不能占有她。于是国王借口外出打猎,来到了侯爵的封地。

国王派人去通知侯爵夫人,他要去她家里赴宴。侯爵夫人心想:为什么国王偏偏在我丈夫不在家时来拜访呢?肯定他没安好心,于是,她就命令仆人用十几只母鸡做了各种菜来招待国王。

国王来到她家,一见夫人果然是倾国倾城,就想占有她,他极力赞美夫人的美丽,并且想找机会挑逗夫人。

国王看到宴席上的菜全是母鸡,就轻浮地对夫人说:"亲爱的夫人,你们这里是不是只有母鸡没有公鸡呀?"

侯爵夫人听出国王在挑逗她,就严肃地说:"陛下,不是的。不过,我们这里的女人不管有多么高贵的地位,和别的妇女都一样。"

国王一听这话,就明白了夫人说话的含义是她和别的女人一样清白,并且明白了母鸡宴的意图。他知道侯爵夫人是不会甘心让他占有的,只得死了这份儿心,只管埋头吃饭,吃完饭,匆匆离开了。

讽刺法官

一个老实人因为酒后失言,被宗教法官抓住把柄,但他用一句话羞辱了法官。

大家听了侯爵夫人巧妙的回答,都夸奖她机智。这时艾米拉说:"我也讲一个说话巧妙的故事。"

叙述说明
国王菲力普想占有自己大臣的妻子,他会怎么做呢?设置悬念,引出后文。

语言描写
国王的语言很不正经,表现出他的轻浮。

叙述说明
国王的意图并没有达成。

背景介绍

叙述了宗教法庭存在的作用。

我们城里有一个教士，他是宗教法庭的法官。这个宗教法庭专门控制人们的思想，如果谁不信上帝，或者发表有辱上帝的言论，就会被审判，受到惩罚，甚至被处死。

这个法官平常装作很有修养的样子，其实最贪财。他一天到晚打听谁说了有辱上帝的话，好趁机敲诈一笔钱。

有一个很正直的人，平常很尊敬上帝。有一次喝醉了酒，信口说了一句："我的酒很好喝，就是耶稣也会喜欢喝我的酒的。"

心理描写

表现出法官很贪财，他总想从别人那里榨取钱财。

谁知道，这句玩笑话竟然传到了那个法官耳朵里。法官高兴极了，心想：哈，发财的机会来了，我非捞一把不可。于是，就把这个人传唤到法庭。

法官问那人是否说了那句话，那人很老实，就承认了，并解释说那只是句玩笑话。

法官一听生气了，厉声说："你竟敢这样侮辱耶稣基督，你以为基督和你一样是个贪杯的酒鬼吗？你还敢说是开玩笑，难道你敢和基督开玩笑吗？你犯了这么大的罪，只要我吩咐一声，你就会被处死。"接着，他低声说："不过，我很仁慈，不忍心看你死，你如果愿意赎罪的话，我可以饶了你。"

那人一听这话就明白了，所谓"赎罪"就是偷偷给法官一笔钱。于是，那人就悄悄给了法官一袋金币。

语言描写

法官十分虚伪，明明是自己收了钱财，才对那人网开一面，却将自己伪装得十分清高。

法官见钱眼开，立刻转怒为喜，说："我看你很诚实，而且愿意悔过自新，我饶恕你。这样吧，从明天开始，你到教堂来，早上做弥撒，中午读《圣经》，晚上做祈祷，好好赎罪吧！"

那人只好每天到教堂去做弥撒，读经书，做祈祷。

有一次他听神父讲经时，引用了《福音书》里的一句话："如果施舍一个，上帝会给你一百倍的回报。"他就记住了这句话。

一天，法官问他："你学习得怎么样啦？"

那人说:"我昨天听神父讲经,有一句话不明白。"

法官说:"我是个博学的人,你可以向我请教嘛!"

那人说:"《福音书》上讲,如果你施舍一个,你就会得到上帝一百倍的回报,是这样吗?"

法官说:"是的,所以我每天都向穷人施舍。"

那人说:"你每天把你喝剩下的菜汤施舍给别人,将来你到了天堂,上帝会回报给你一百倍的剩菜汤,那样,你岂不是会撑死吗?"

法官一听,知道那人在讽刺他,可又不好发作,只好叫那人以后不要再每天来教堂了。

语言描写

那人用《圣经》中的话来讽刺法官,体现他的机智。

不再吝啬

贝贝诺向欠他钱的人讲了个故事,那人从此不再吝啬了。

艾米拉的故事令大家笑得前仰后合。菲陀拉多说:"那个法官真吝啬,用本该扔掉的剩菜汤施舍,我也讲一个有关吝啬人的故事。"

古时候,有个贵族叫卡特拉,他一向乐善好施,不知为什么变得吝啬了。

有一次他请客吃饭,请了一个善于讲故事的人助兴,宴会结束后,本该给人家钱,可是卡特拉就是不愿意给。

这个讲故事的人叫贝贝诺,既聪明又善于说话。他见卡特拉一连过了几天都不给钱,就来到卡特拉家里。

卡特拉一见他来,就说:"我今天没有请你讲故事呀。"

贝贝诺说:"先生,我今天讲的故事不收钱。"

人物介绍

贝贝诺很聪明,而且很会说话,为后文做铺垫。

卡特拉一听，就说："那你讲吧！"

贝贝诺说："您一定听说过皮里马的大名吧。"

卡特拉说："当然听说过，他是个才华横溢的大诗人。"

贝贝诺说："皮里马有一次在途中遇上强盗，身上的钱全被抢走了，衣服也被撕破，身上只剩下准备路上充饥的三个面包。他只好继续往前走。

语言描写

皮里马去了一个乐善好施的修道院院长家，他会得到帮助吗？设置悬念，引出后文。

"正巧，他路过一个修道院院长的家，因为他听说这个院长乐善好施，哪怕是不认识的人都会热情款待。他一进门，看到餐厅里已经摆好餐具，看来快开饭了，于是他就坐下来等着上菜。

"他不知道，院长家里是要等到院长就座后才上菜。平时院长很好客，凡来的客人都招待吃饭。可今天不知为什么，他看到一个衣服破烂的人坐在那里，就故意不去就座。

"皮里马不见院长出来，就吃了一个自己的面包；还不见院长来，就又吃了一个面包。

心理描写

院长认为皮里马是一个有来历的人。

"院长偷偷看到之后，心里想：这个人虽然衣服破烂，但气度不凡，一定有来历。我平时很好客，今天怎么就小气起来了。于是，他就上前请教来人的姓名。当他得知来人是大诗人皮里马时，很羞愧地向他道了歉，并热情地款待了他。"

卡特拉先生听完贝贝诺的故事，明白了用意，对他说："我平时乐善好施，前几天忽然就不知怎么吝啬起来。我应该给你欠你的钱。从此，我再不吝啬了。"

改变的"德小气"

贵力木先生用一句话讽刺了吝啬鬼，使他变成了大方的人。

罗丽达听了菲陀拉多讲的故事,说:"那个讲故事的人真聪明,用一个故事让吝啬人变大方了。我来讲个故事,有一个人用一句话就把一个吝啬鬼变大方了。"

意大利有个大富翁叫德马迪,他非常小气,把钱看得像命一样,从不肯施舍一个小钱给穷人,他的小气,恐怕是全国第一,因此人们都叫他"德小气"。

他造了一所华丽的住宅,请了一些客人来参观,并向客人炫耀说他的这所住宅造价昂贵,用的都是很少见到的材料,而且房间里也布置得很华丽,是用奇珍异宝来装饰的。

客人中有位贵力木先生是位著名的艺术家,对建筑装饰很有研究。"德小气"对贵力木先生说:"先生,你是建筑装饰专家,你能不能给我提个建议,看看在我的客厅里能画一幅什么样的壁画?这壁画的内容不要那些常见到的普通东西,而要是我从来没见到过的。"

贵力木先生知道他被人称作"德小气",就说:"那你就画一幅'慷慨'吧。"

"德小气"一听这话吃了一惊,转念一想:我平时太小气了,我一定要改变自己。于是说:

"先生,我会把'慷慨'挂在客厅里,永远见到它。"

国王醒悟了

受辱的农妇一句话使懦弱的国王醒悟了。

伊丽莎说:"我也讲个一句话使人醒悟的故事,因为别人

> **语言描写**
> 罗丽达简要介绍了自己讲述的故事的内容。

> **语言描写**
> "德小气"想要一幅特别的画来装饰客厅,贵力木先生会给什么意见呢?吸引读者的好奇心。

不经意的一句话甚至会改变我们的一生。"

有个农妇遭到一伙歹徒的侮辱,她打算请国王惩罚歹徒。

可是她的邻居听说后对她说:"我劝你还是不要去找国王了,我们的国王懦弱无能,他自己受到侮辱都不敢报仇,别说你是一个老百姓了。你去了也是白去。"

农妇听说这话失望了,但她不甘心,决定去数落国王几句。

她找到国王,说:"我找到您并不是一定让您替我报仇,我听说您受过许多侮辱,而善于忍耐,请您教教我您是怎么忍耐的。"

国王听了农妇的话,立刻意识到了自己的软弱,决定立刻逮捕那伙歹徒,并从此振作起来,治理好了国家。

贝贝托作比较

一个老人用吃韭菜来取笑试图取笑他的女人。

最后,轮到女王讲故事了,女王说:"我讲的这个故事是想让大家注意自己的言谈举止。"

有个医生名叫贝贝托,他虽然年纪已经70岁了,但心里对爱情的渴望还是那么强烈。

一个偶然的机会,他遇到了一个美丽的寡妇,不由得爱上了她。从此,他坐卧不宁,寝食不安,时刻想见到她,于是就经常到那寡妇家门口转悠。

寡妇和她的女伴们看到这老头儿经常在门口转悠,就嘲笑地说:"可笑!真是人老心不老,那么大年纪,还居然渴望爱情!"

语言描写

邻居认为国王"懦弱无能",不可能替农妇出头,伸张正义。

叙述

贝贝托是一个70高龄的老人,但他依然向往爱情,为后文埋下伏笔。

寡妇和女伴们见贝贝托越来越频繁地来家门口,居然风雨无阻,就决定捉弄他一下。

一天,贝贝托又来到了寡妇家门口,寡妇和女伴们老远就看见了他,她们把他请进了家里。一个女伴说:"老先生,你知道吗,除你之外,到我们这里来的还有好几个年轻英俊、出身高贵、腰缠万贯的青年绅士呢!"

贝贝托听出了这个女人是取笑他年纪这么大了还追求爱情,就微笑着说:"爱美之心,人皆有之,这是天经地义的事。我虽然年龄大了,但仍有爱的权力。我爱上这位夫人,是这位夫人值得爱慕。再说,年龄大有年龄大的优势。"

"我曾经见到许多女人吃韭菜,她们拿着韭菜根,只吃韭菜叶子,然后把韭菜根扔掉。她们不知道,韭菜根的营养比韭菜叶丰富得多。你们选择丈夫的标准是不是和她们一样呢?"

寡妇和女伴们听后都感到羞愧,寡妇说:"先生,你很有涵养,我们嘲笑你,你却用比喻来劝说我们,我更加敬重你了。"

贝贝托站起身,愉快地向寡妇告辞走了。

十个人讲了十个故事,等故事讲完,太阳已经快落山了。

女王说:"朋友们,今天我们每人讲了一个故事,你们过得愉快吗?"

大家都说很高兴。女王接着说:"我今天的任期已经快到了,剩下的事就是推举出下一个国王来安排我们明天的生活,我看菲罗美娜来做明天的女王吧。"

大家一致赞成。女王从头上取下桂冠,给菲罗美娜戴在头上,菲罗美娜成了女王。

女王站起身说:"感谢潘比妮亚姐姐对我的信任,感谢大

叙述说明

寡妇和女伴们想捉弄贝贝托,她们会怎么做呢?

语言描写

寡妇认识到自己的错误,十分真诚地道歉,并表示了自己对贝贝托的敬重。

语言描写

女王指定菲罗美娜接替她继续做女王。

家对我的支持。今天潘比妮亚姐姐的安排很好，如果大家满意的话，我们明天继续讲故事吧。不过，我有一个小小的要求，我们给所讲的故事定一个范围，大家讲的故事都与此有关。我们的命运很不幸，有时走运，有时忽然又不走运了，真是变幻莫测。我们明天讲故事的主题就是历尽艰难，却有着圆满的结局。"

语言描写

菲罗美娜为第二天讲故事的内容做了范围限定。

"我们明天早上起床后，随意出去玩玩儿，等吃过饭、跳舞唱歌、午睡后来讲故事。"

"现在天晚了，我们该回去吃饭了。"

大家吃过晚饭，又跳起了舞，玩儿得很开心。

女王宣布第一天活动结束，于是，大家回去休息，等着第二天的到来。

拓展阅读

名师点拨

十个年轻人聚在一起，他们为了生活得更愉快，于是选出一个首领，带领大家讲故事。第一天是潘比妮亚做女王，十个人讲述了十个有意义的故事，这些故事大多与劝人为善有关。

回味思考

1. 贝贝托是什么人？
2. 沙布赖的谎言是什么？
3. 卡特拉为什么不付钱给贝贝诺？

第二天

雄鸡报晓,日出东方,新的一天到了。十个年轻人像昨天一样,上午散步,吃过饭就跳舞,然后午睡。下午,大家早早地来到草地上,围坐成一圈。女王命令尼菲丽先讲故事,尼菲丽讲了什么故事呢?

装病被识破

马里奥为了看热闹而装病,结果被识破,险些丧命。

特里尔城有一个人品德高尚为人慈善。他死的时候,教堂的钟响个不停,可是,这时谁也没有敲钟。这是怎么回事呢?大家一议论,都认为是这个人的圣洁高尚感动了上帝。于是,大家就把他的尸体抬到教堂,尊称他为圣徒。

消息传开了,许多人都到教堂里去争相触摸圣徒的尸体,认为这样会得到上帝的祝福。尤其是一些残疾人、瞎子、聋子、瘸子等更是想来摸一下圣徒的尸体,他们相信这一摸就能治好病。

有个佛罗伦萨人名叫马里奥,他善于模仿别人,而且生性滑稽。

这天,他和两个朋友路过特里尔城,一到城里,就听说了圣徒的事。于是,他们就想去看看热闹。他们先找了一家旅

叙述说明

大家认为这个人的圣洁高尚感动了上帝,说明他在人们心目中是十分仁慈的,他的高尚有目共睹。

馆,放好行李,然后直奔教堂。

他们还没到教堂,老远就看到教堂门外挤得水泄不通,根本进不去,怎么办呢? 马里奥灵机一动,想了个主意。他发挥他的特长,装作一个残疾人,手指弯曲、腿瘸、嘴歪、眼斜,两个朋友一边一个架着他向教堂门口走去。

叙述

说明马里奥很机智,充分利用自己的特长,他很狡猾。

他们来到门口,对众人说:"可怜可怜我们吧,我们是听说了圣徒的事迹,专门从外地来为这个残疾人摸圣徒尸体的,麻烦你们让一让吧!"

众人一听,立刻给他们闪开一条路。他们就这样骗过了众人,很顺利地走到圣徒尸体边。马里奥用手摸了一下圣徒尸体,又装作病好了的样子:手也伸直了,腿也不瘸了,嘴也不歪了,眼也不斜了。

人们一见圣徒竟有这么大的神力,立刻欢声雷动。有人马上去报告了市政长官,市政长官准备请马里奥详细讲讲经过,以便扩大宣传圣徒事迹。

叙述

马里奥的恶作剧惊动了市政长官。

天有不测风云,谁料人群中有几个也是佛罗伦萨人,他们认识马里奥。

于是,他们就向市政长官说:

"这人我们认识,他是个正常人,根本不残疾,他是装出来骗大家的。"

众人一听,纷纷说:

"你竟敢拿圣徒开玩笑! 揍他!"

众人一拥而上,拳打脚踢,马里奥顿时鼻青脸肿。

叙述说明

马里奥的计谋被拆穿了,挨了一顿打。

他的两个朋友一看,要这样下去,马里奥非被打死不可,于是就向市政长官撒谎说:

"长官,这个人偷了我们的钱包,你赶快命令人们不要打他了,审问我们的钱包的事吧!"

长官命令众人不要打他,士兵把他带到长官面前,长官问马里奥:

"你偷了这两位先生的钱包了吗?"

马里奥这时还没认识到事情的严重性,仍然嬉皮笑脸地说:

"噢,我们是朋友,他的钱包等于是我的钱包。"

众人一听,他还是个小偷,就纷纷说:"他也偷了我的钱包!"

这位长官向来办事果断而严厉,立刻命令:"把马里奥关进监狱!"

两个朋友一听,坏了,本来想救他,反倒害了他。怎么办呢?现在能证明他们是朋友的只有他们住的旅馆的老板了。

他们立即跑回旅馆,向老板说明真相。老板带他们找到了一位和市政长官很有交情的绅士,听罢他们的来意和经历后,那位绅士笑得前仰后合。

叙述说明

　　这两个朋友十分讲义气,并没有丢下马里奥不管,而是想尽办法救他。

25

绅士带他们去找了长官,救出了马里奥。

这时的马里奥已经吓晕了过去。

灵验的天主

罗纳多祈祷天主保佑他路途平安,不料遭劫,更不料一位寡妇留他过夜,后来又收回失物。

大家听了尼菲丽的故事都乐得合不拢嘴,轮到菲陀拉多讲了,他说:

商人罗纳多带着一个仆人出门做生意,二人走在路上很无聊。

忽然,后面来了几个人,也是商人模样,为首的一个对罗纳多说:

"我们是到城里做生意的,这一路上就我们几个人,真无聊,我们同行好吗?"

罗纳多见他们谈吐举止比较文雅,就答应了。

他们一边走一边聊天,为首的人说:

"先生,我很相信上帝,我每天早晚都祈祷,你呢?"

"我只是早上祈祷。"罗纳多回答说,"我每天祈祷天主保佑我一路平安,晚上能有个安身之处。"

就这样,他们边走边聊,来到了一片小树林边,这里僻静极了。

那为首的人忽然面露凶相,对罗纳多说:

"哈!你早上的祈祷不会灵验了,天主也保佑不了你平安,晚上也没有安身之处了!"

说罢,那个人掏出匕首,上前抢罗纳多的东西,仆人趁机

语言描写
几个陌生人邀请罗纳多同行,他们在一起会遭遇什么呢?引出后文。

行为、语言描写
这几个人是劫匪,罗纳多遭遇了危险,同时体现出为首的人的凶恶。

溜走了。

他们抢了罗纳多的钱,剥去罗纳多的外衣扬长而去。

这里前不着村,后不着店,天也黑了,罗纳多只好往前走去,心里埋怨着天主为什么不保佑他。

天已经黑了,他又冷又饿,好不容易来到城外,可城门已经关了。还好,城边有一所房子,门边还有一堆草,他躺在草上,准备过夜。

这房子里住着个寡妇,本来今晚她的情人要来和她幽会的,恰巧没来。

寡妇失望地朝窗外看了看,心想我准备的晚饭只能自己吃了。忽然,她看见外面草堆上有个人,就让使女去看看,得知是个遭劫的商人,就把他请了进来。

寡妇把她丈夫的衣服拿给他穿,并和他共进晚餐。这寡妇本来因情人没来而失望,现在她看罗纳多谈吐文雅,不由爱上了他。

于是便留他过夜,他们舒舒服服地过了一夜。

第二天早上,罗纳多进了城,正好看见那几个强盗被捉住了。于是,他领回了被抢走的财物。

罗纳多心想,还是天主灵验。

喜从天降

亚莱桑生意受挫,回乡途中意外地成了驸马。

下面是潘比妮亚讲的故事:

意大利有个诚实而又聪明的青年叫亚莱桑,替一位富翁在伦敦照管高利贷生意。这位富翁本人并不在伦敦,而在佛罗伦萨。他把钱交给亚莱桑，让他在伦敦放债收债。亚莱桑对东家很真诚，从不从中克扣挪用，收了利息后立刻交给富翁，为富翁赚了很多钱，当然他也得了报酬。

不料，英国出现了内战，英国国王和王子各自带领军队，占据南北。持续几年的战乱使亚莱桑的生意大受损失，因为战争期间人心惶惶，借债的人减少，并且原来放出去的债因为交通中断而收不回来。

亚莱桑在伦敦支持不下去了，只好回佛罗伦萨。

出城不久，他就遇到一群人，其中有两个人他认识，他俩还是国王的远亲呢。这两人告诉亚莱桑，他们是随从一位年轻的修道院院长去罗马拜见教皇，正好可以和他同路。于是他们就同路而行，并把他介绍给修道院院长。

院长对亚莱桑很热情，一路上他们聊得很投机。院长得知亚莱桑生意受挫，生活困顿后对他深表同情，还命令随从多多照顾他。

一天傍晚，他们来到一个小镇，镇上只有一家小客店。亚莱桑由于经常来往做生意，所以和客店老板很熟悉。他帮助老板给院长一行人安排好住处，因为客店小，客人多，他们颇费了一番心思才安排妥当。

晚上，大家都睡下了，亚莱桑忽然想起来，他忘记给自己安排住处了。老板说："别的房间都挤满了，只有院长的房间较大，而且里面还有帐幔。我把帐幔一拉，悄悄给你放个床垫，院长不会发觉的。"

也只好这么办了，就这样，亚莱桑住进了院长的房间。

院长其实没有睡着，他走过来拉亚莱桑和他同床。这时，他发现院长竟然是个美丽的姑娘。

院长说："我这次去罗马，是请教皇为我主持婚礼的，你要是愿意娶我，我们到罗马就结婚，好吗？"

亚莱桑很高兴地同意了。

没过几天，他们就到达了罗马。

院长带着两位亲戚和亚莱桑一起拜见教皇。

院长对教皇说：

"尊敬的教皇陛下，我是英格兰国王的女儿，我父王让我嫁给年迈的苏格兰国王，我不同意，就来到了罗马。请您为我主持婚礼，新郎就是这个年轻人，他虽然地位很低，但品质优良，我愿意嫁给他。"

亚莱桑一听，他妻子竟是英格兰公主，真是喜从天降。

教皇为他们举行了婚礼。

他们回到伦敦，国王原谅了他们。

亚莱桑又劝说国王和王子握手言和，英国又恢复了和平。

一波三折

安德烈去那不勒斯买马，一夜之间遇上三次大难，结果化险为夷。

上面的故事讲完后，菲美达也讲了她的故事：

安德烈以贩马为生，他听说那不勒斯的马市上有很多好马，就带着装满金币的钱袋，去那不勒斯买马。

他在市场上和卖马的人讨价还价，还拿出了鼓鼓的钱袋。生意没有谈成，可是他拿出钱袋的时候，却被一个女骗子看到了。于是，女骗子就偷偷地跟在他身后。

安德烈朝旅馆走去，半路上遇到了一个他认识的老太婆，

语言描写

院长向亚莱桑坦诚了自己去罗马的目的，并询问他是否愿意娶自己。

语言描写

院长对教皇表明了自己的身份，并且表达了自己想和亚莱桑结婚的意愿。

叙述说明

安德烈的钱财被骗子盯上了，他会不会发现，从而避过这次危机呢？

名叫安比妮,两人聊了一会儿就分手了。

女骗子赶紧追上老太婆,有事没事地和她闲聊,聊的都是与安德烈有关的事,这样,安德烈的基本情况都被女骗子知道了。

傍晚,他正在旅馆里坐着,忽然有个女仆模样的人找他,说是有位太太想跟他谈谈。安德烈还以为是自己长得英俊,哪位太太看上了自己,就跟女仆走了。

女仆把安德烈领进一所房子里,请他坐下。这时,一个女人走过来,对他说:"弟弟,我总算找到你了!"

语言描写

安德烈被一个女人称为弟弟,这个女人无疑就是女骗子,她的目的是什么呢?女骗子能从安德烈那里骗到钱吗?

安德烈正不知道是怎么回事,那女人又说:

"弟弟,我是你从未见过面的姐姐。当年,我们的父亲曾经住在巴勒莫市,在那里,我的母亲爱上了他,他也爱我的母亲,后来他们生下了我。谁知,父亲后来竟一去不回。他回到了家乡佛罗伦萨,我母亲去佛罗伦萨找他,可是发现他在家乡早已有了妻子和孩子。于是,母亲就回来了,直到她去世。"

叙述说明

安德烈不知道父亲在外面有没有女儿。

安德烈知道父亲曾经住在巴勒莫市,但没有听说过他还有个女儿的事,就问那女人:

"你怎么现在在那不勒斯呢?"

"我丈夫是那不勒斯人,他现在出去经商还要等几天才回来。"

"那么,你怎么认识我呢?"

"我有个朋友叫安比妮,她曾住在佛罗伦萨,认识父亲和你。她遇到了你,就告诉我说弟弟来了。今天天晚了,我们先吃晚饭,明天请安比妮来聊天。"

叙述说明

安德烈轻易相信了女骗子的话。

安德烈一想,今天的确见到了安比妮老太太,于是就相信了这个女人是自己的姐姐。

吃饭时，二人又聊起了其他一些亲戚，那女人说得都对，安德烈就更相信她了。

那女人留安德烈在家里过夜，他答应了。那女人还命令一个仆人照顾他。

睡到半夜，安德烈想上厕所，仆人告诉他从这所房子出去右拐就是。安德烈走出房子右拐，不料，踩在了粪坑的盖板上，这盖板已经松动，他"扑通"一声掉进粪坑。

他大喊"救命"，没人理。他拼命喊，这时，仆人和那女人从窗户伸出头骂道："喊什么！半夜吵得人睡不着觉！"

安德烈说："姐姐，是我，安德烈！"

那女人说："浑蛋，谁认识你，快滚！傻瓜！"说罢，把窗户关上了。

透过窗户，安德烈看到那女人在得意地大笑。他忽然明白了：他上当了！他又一想，不好，钱袋还在外衣口袋里，还在女人家里放着。

他好不容易从粪坑中爬出来，向房子里喊人开门，要他的钱，可是根本没有用。他只好垂头丧气地朝旅馆走，心里想着没有了钱该怎么办。

他正走着，迎面来了两个人。

那两个人问他："你半夜在街上溜达什么？"

安德烈就把经过讲了一遍。

那两个人一听，就说："你跟我们走，保证你能发财。"

原来，这两个人是盗墓的，他们对安德烈讲，昨天刚死了个主教，棺材就在教堂里放着，里面有很多陪葬品，其中主教手中戴的戒指最值钱。

安德烈一心想着失去的钱，就同意和他们一起去。

语言描写
女人肯定是得手了，所以在安德烈面前现形，并不在意他了。

心理描写
安德烈知道自己遇到了骗子。

叙述说明
安德烈十分在意丢失的钱财。

那两人又说:"你身上太臭,先找个井,打点水洗洗吧。"于是,他们来到一口井边。

可是,这口井只有辘轳和绳子,没有桶。那两个人就让安德烈把绳子拴在自己腰上,他们把他放进井里去洗。

那两个人正坐在井边等安德烈,忽然发现有几个警察模样的人朝这边走来,吓得撒腿就跑。

正巧,那几个警察口渴了,他们来到井前想喝口水。于是,就摇辘轳。他们还以为绳子上拴的是桶呢。等一个警察伸手去提摇上来的"桶"时,他们却听见井口有个声音在说:"这下,可洗干净了。"

几个警察以为出了鬼,兔子一样地逃跑了。

安德烈爬出井口,却找不到人。只好一个人向前走。

他转过一条街,又碰上了那两个人,他们互相说了各自的情况,才明白是怎么回事。

三人来到教堂,找到了主教的石棺,上面还盖着沉重的石板。

他们用撬棍把石板撬起来,并用另一根棍支撑着石板,这样就有了一条能钻进去人的大缝。

那两人让安德烈钻进去,无奈,安德烈只好钻了进去。

他先取下主教的贵重戒指戴在自己手上,把别的不太值钱的陪葬品一件一件递出去,那两个人问:"戒指呢?"安德烈说:"根本没有戒指。"那两个人说:"明明有,你想独吞,哼!让你在里面独吞吧!"说罢,他们拿走了支撑石板的棍子,然后扬长而去。

安德烈被关了棺材里,他用尽全力推石板,却怎么也推不开。他绝望了,后悔不该独吞贵重的戒指,现在只有在这棺材里等死了。

过了一会儿，他忽然发现石板又出现了一条缝，缝越来越大，足能钻过一个人。他侧耳一听，外面有两个人正在讨论着谁钻进去，原来，又来了另外两个盗墓的。

安德烈从缝里钻出头说："我先钻出来，你们再进去。"

这两人忽然听见棺材里竟然有人说话，吓得抱头就跑，连撬棍也忘了拿。

安德烈从棺材里钻出来，回到旅馆。

他丢了钱袋，却得到了贵重的戒指。

叙述说明

安德烈这次遇到了贵人，因而免于一死。

重逢之前

贝特拉夫人逃难时丢失了两个儿子，15年后，他们一家奇迹般地团圆了。

大家听了安德烈一夜遇三难的故事，都笑得合不拢嘴。艾米拉说：我要讲的这个故事，虽然结尾大团圆，但却很让人伤心。

贝特拉爵士是西西里岛的总督，他很忠实于国王。但是，岛上有一个贵族反对国王，于是就发动叛乱，抓住贝特拉爵士，关押起来，自己称王。

贝特拉夫人侥幸逃脱了，她带着两个儿子：一个叫朱雷，8岁；另一个叫斯托，才3岁，另外，她还带着孩子们的奶妈。他们四个人乘一艘船去那不勒斯城，准备去那里投靠亲戚，船上的人都不认识他们。

不料，船至半路，遇上狂风，停泊在一个荒岛边，风停了，船准备继续航行。

贝特拉夫人上岛去取些水，等她回到岸边，看到一艘很大

叙述说明

忠诚的贝特拉爵士被反动派给抓走了，他的命运会如何呢？设置悬念，引出下文。

的海盗船刚驶离海岸不远,后面还拖着她乘坐的那只船。她明白了:海盗抢走了她们的船。

贝特拉夫人刚失去丈夫,现在又失去了两个儿子,她痛哭起来,直到昏倒。

贝特拉夫人在昏迷中被一只小山羊舔醒了,那只小羊似乎并不怕人。从此,贝特拉夫人就和这只小羊一起生活在荒无一人的岛上。

她晚上睡在山洞里,白天出去采野果,只有小羊陪伴着她。

就这样过了几个月。

有一天,库多尔侯爵和夫人乘船经过这个岛,他们下船上岸,准备在岛上散步。

他们发现一只小羊,十分可爱,就想捉住它带回家。他们追赶小羊,绕过一座小山,来到山背后,发现那只小羊被一个衣服破烂的女人抱在怀里。

那女人激动地说:"库多尔先生,我不是在做梦吧?"

这时,库多尔先生和夫人也认出了这女人竟是贝特拉夫人。

原来贝特拉夫人正是要去投奔库多尔先生,她向他们讲述了事情经过。他们也听说贝特拉先生被关押的事,对她很同情。

库多尔先生说:"现在西西里岛的情况还不知道怎么样,你就先以女管家的名义住在我家,以后再慢慢找两个孩子。"

就这样,贝特拉夫人和库多尔夫妇去了那不勒斯。

再说奶妈和两个孩子:朱雷和斯托被强盗卖给了热那亚的一个商人家做仆人。奶妈告诉孩子们不要轻易向别人说出自己的真实身份,因为他们的父亲还被关押在西西里岛。她还给朱雷改名为杰特。

叙述说明
贝特拉夫人一无所有,只有一只羊陪她生活在孤岛上。

叙述说明
介绍了库多尔先生的身份,他和贝特拉夫人是亲戚。

他们在那个商人家里整天做苦工，有一天杰特告别了奶妈和弟弟逃走了。

杰特在一条经常开往那不勒斯的船上当水手，一做就是好几年，他已经长成了一个英俊的小伙子。

事有凑巧，库多尔先生有一次在这条船上认识了杰特，他见杰特年轻聪明，为人真诚，就让他到自己家里做仆人。

在库多尔先生家，贝特拉夫人和杰特虽然经常见面，但互相并不知道对方就是日思夜想的亲人。

库多尔先生有个女儿丝娜，年纪轻轻就死了丈夫，住在娘家。她见杰特相貌英俊，为人真诚，就爱上了杰特，杰特也很喜欢丝娜。但是杰特是个仆人，两人地位悬殊，所以不敢公开他们的爱情。

有一天，杰特和丝娜正在房间里亲热，正好被走进房间的库多尔先生看到，库多尔先生见女儿和一个仆人亲热，大怒之下，把两个人分别关了起来。

这时，国王收回了对西西里岛的统治，杀死了自立为王的那个贵族。消息传到那不勒斯，看守杰特的仆人把消息告诉了杰特。杰特叹了一声气说："这件事我盼了15年，我终于能回西西里了，说不定还能和父亲见面，可是我现在被关在这里。"

仆人一听，问杰特说："你是西西里人吗？也从没听你说过你父亲。"

杰特和这个仆人平时关系很好，就把自己的身世告诉了他。

仆人立刻把这件事报告了库多尔先生，库多尔先生把杰特找来仔细盘问，证实杰特就是贝特拉爵士的儿子朱雷，他对朱雷说：

叙述说明
贝特拉夫人并没有认出自己的儿子。

语言描写
说明杰特思念自己的家乡和亲人。

"杰特，我一向对下人很好，你不该和我女儿偷偷摸摸地做见不得人的事。如果你们真的相好，她倒是有一笔丰富的陪嫁。"

朱雷说："先生，我是真正地爱您的女儿，她也真心爱我。我爱您的女儿并不是因为她有丰富的陪嫁，而是爱她的品质高尚，不管你把我关押多久，我都一直爱丝娜。"

库多尔先生说：

"朱雷，我已经知道你的真实身份，你既然真的爱我的女儿，我就把她嫁给你。"

语言描写

库多尔先生同意将女儿嫁给朱雷。

库多尔先生又把丝娜找来，二人听说后都很高兴，当着库多尔的面订下了婚约。

几天后，婚礼准备就绪。库多尔先生对贝特拉夫人说："夫人，你如果重新见到你的长子，你会怎么想？"

贝特拉夫人说："这事我都梦想了15年，如果真见到他，我会高兴得昏过去的。"

库多尔把朱雷和丝娜叫到贝特拉夫人面前，对贝特拉夫人说："这就是你的儿子朱雷，他就要和丝娜结婚了。"他又对朱雷说："朱雷，这就是你的母亲。"

语言描写

库多尔先生让朱雷和贝特拉夫人相认了，并且宣布了朱雷和丝娜的婚事。

真是母子间特殊感觉的作用，二人认出了对方，朱雷向母亲讲述自己从分别后的经历，母子二人抱头痛哭。

朱雷说："奶妈和弟弟还在热那亚的一个商人家受苦。"库多尔先生说："我派人去接他们来那不勒斯。"

库多尔先生的使者找到热那亚的那个商人家，说明来意，商人立刻叫来奶妈和斯托，证实他们正是贝特拉爵士家的人。商人为了讨好，立刻把自己的女儿许配给了斯托。

叙述

体现出商人重利，见风使舵的本性。

他们一起回到了那不勒斯。

国王命令贝特拉先生仍然做西西里总督,库多尔先生送贝特拉夫人一行到西西里岛,贝特拉一家人终于团圆了。

伯爵被冤

伯爵含冤出走英国,把子女送了人,后来冤情大白,恢复了地位。

伊丽莎也讲了她的故事:

法国和日耳曼人打仗,法国国王和王子亲自率领军队出征。出征前,选定哥特力伯爵辅佐王后管理国事,因为哥特力伯爵在众大臣中最有威望,是辅佐王后的最佳人选。

伯爵虽然人到中年,但仪表堂堂,气度不凡,王妃悄悄地爱上了他。

王妃心想伯爵几年前死了妻子,和儿子女儿生活,一定很寂寞。如果我向他表示爱意,他肯定会同意的。

于是,王妃把伯爵召入宫中,房间里只有他们两个人,王妃说:

"你是我所看到的全法国最英俊、文雅、高尚的绅士,可惜你的妻子已经死了,你应该有个女人才行。而我的丈夫在外国,我年轻美貌,我爱上了你,如果我们偷偷地来往,别人是不会发觉的。"

伯爵是个正直的人,对王妃说:

"你的丈夫在外国打仗,你应该忠于他。这是不道德的事,我决不会做这种见不得人的事。"

王妃一听大怒,说:

"你真是不知好歹,我要你知道我的厉害!"

心理描写
王妃想对伯爵表示爱意,伯爵是否真会如王妃所想,同意她的想法呢?设置悬念,引出后文。

语言描写
王妃看上了伯爵,希望两人私下来往,伯爵会怎么回答呢?引出后文。

说罢,她撕破自己的衣服,大喊:

"快来人,哥特力伯爵要强奸我!"

伯爵一听,知道王妃不会放过自己,立即冲出宫去,回到家,抱起儿子和女儿,骑马离开了巴黎。

宫里人听信王妃的谎话,赶来捉拿伯爵,但已经不见了伯爵的踪影。消息传到国王和王子那里,国王也听信谣言,下令追捕伯爵。

伯爵一直逃到英国伦敦,在那里,他们举目无亲,时常乞讨过日子。

伯爵告诉儿子路易和女儿维兰:"我们是没有罪的,是被人陷害的,不要轻易告诉别人自己的真实身份。"路易和维兰虽然才刚刚八九岁,但都很聪明,记住了父亲的话。伯爵还给他们改名,儿子叫贝罗,女儿叫雅娜。

一天,一位英国元帅的妻子见到伯爵和两个小孩在乞讨,她看小姑娘很可爱,就对伯爵说:"这小姑娘很可爱,你如果同意的话,我愿意收养她,你放心,我不会亏待她的。"伯爵心想,这对女儿有好处,就同意了。就这样,他和女儿洒泪告别。

他带着贝罗去了威尔士。

威尔士住着英国另一位元帅,贝罗经常在元帅家门外和元帅家的小孩玩儿,他比别的小孩都聪明,元帅很喜欢他,就收养了他。伯爵恋恋不舍地告别了贝罗。

他来到爱尔兰,在一个骑士家里当马夫,这样过了许多年。

被元帅妻子收养的维兰,也就是雅娜,已经长成个美丽的姑娘。

元帅的儿子雅凯和雅娜一起长大,深深地爱上了她。但是他担心父母认为她出身低贱,就没敢说,只是偷偷地想雅娜,竟然想出病来。

元帅夫妇请了几个医生都找不出病因,还是一个年轻的医生——雅凯的朋友,最了解他,向元帅夫妇说明了原因。元帅妻子向雅娜说明情况,雅娜心里也暗暗喜欢他,于是,二人高高兴兴举行了婚礼。

在威尔士的另一元帅家里,贝罗长成了英俊的小伙子,而且他跟元帅学习领兵打仗,很少有人是他的对手。他娶了元帅的女儿,等元帅去世后,国王很欣赏贝罗的英勇,让他继任元帅。

伯爵已经老了,头发胡须全白了。他想去看看儿女们过得如何,就来到威尔士,看到儿子做了元帅,就没有惊动他。他又来到伦敦,在元帅门前乞讨。

雅凯见他可怜,就让仆人领他进去吃点东西。雅娜已经生了几个孩子,这些孩子见到老人吃东西,都来和他玩耍。

雅娜来叫孩子们去读书,见他们正和一个老人在玩耍。这时,她已经不认识父亲了,伯爵也没有说明真实身份。

孩子们舍不得离开伯爵,于是雅凯夫妇就让他留在家中,他主动承担养马的工作。

这时候,法国国王已死,王子成了国王,王妃成了王后。法国又和日耳曼人打仗,因为英国国王和法国国王是亲戚,所以英国也派兵支援法国。贝罗元帅和雅凯奉命出征,伯爵跟随他们出征,充当马夫。打完仗之后,他们回到巴黎。

这时,王后得了不治之症,临死前,她后悔自己陷害伯爵,就恢复了他的名誉,于是国王下令,寻找伯爵。

伯爵听到消息,对贝罗和雅凯说:"你们带我去见国王,我知道哥特力伯爵的下落。"

他们见到国王,伯爵说明了真实身份。这时,国王已经认

▎叙述说明▐
雅娜和元帅的儿子雅凯结婚了。

▎叙述说明▐
说明亲人之间的血缘关系是无法抹灭的,所以孩子们第一次见到伯爵都喜欢和他一起玩儿。

▎叙述说明▐
王后临死前终于后悔自己的行为,想要寻找伯爵。

叙述说明

分别多年，父子、父女三人再次重逢相认，是一个开心的大结局。

出这老人就是伯爵。贝罗和雅凯都又惊又喜，父子三人抱头痛哭。

国王恢复了伯爵的地位，使他们全家团聚。

伊丽莎的故事讲完后，女王又命令剩下的人，围绕历尽艰辛、结局圆满的主题每人也讲一个故事。于是，剩下的人也都讲了故事。

女王等大家讲完故事，取下头上的王冠说："今天我的任期快结束了，明天的女王由尼菲丽来继任。"说着，她把王冠戴在尼菲丽的头上。尼菲丽说："我会像前两位女王一样，努力让大家过得快乐。我们出城来到这个别墅已经几天了，明天我们换一个别墅。下一次我们的主题是：人们依靠机智得到了渴望得到的东西。"

语言描写

尼菲丽不仅说明了第二天的故事主题，还提议换个别墅居住。

大家都很赞成女王的意见。

和前一天一样，大家吃完晚饭后继续跳舞唱歌，然后早早地睡了。

拓展阅读

名师点拨

本文的六个故事，围绕前文中菲罗美娜设定的历尽艰难，却有圆满的结局这个主题来展开，让人大笑的同时也富有哲理性。

回味思考

1.哥特力伯爵为什么流亡国外？

2.贝特拉一家人多久才再次相聚?

好词收藏

水泄不通　一拥而上　拳打脚踢　鼻青脸肿　嬉皮笑脸
前仰后合　扬长而去　人心惶惶　喜从天降　握手言和

好句积累

🕐 尤其是一些残疾人、瞎子、聋子、瘸子等更是想来摸一下圣徒尸体,他们相信这一摸就能治好病。

🕐 亚莱桑对东家很真诚,从不从中克扣挪用,收了利息后立刻交给富翁,为富翁赚了很多钱,当然他也得了报酬。

🕐 院长得知亚莱桑生意受挫,生活困顿后对他深表同情,还命令随从多多照顾他。

🕐 他帮助老板给院长一行人安排好住处,因为客店小,客人多,他们颇费了一番心思才安排妥当。

🕐 安德烈以贩马为生,他听说那不勒斯的马市上有很多好马,就带着装满金币的钱袋,去那不勒斯买马。

🕐 那两个人正坐在井边等安德烈,忽然发现有几个警察模样的人朝这边走来,吓得撒腿就跑。

🕐 在库多尔先生家,贝特拉夫人和杰特虽然经常见面,但互相并不知道对方就是日思夜想的亲人。

第三天

名师伴你读

太阳从东方升起来了，女王召齐大家集合。总管已经整理好要带的物品，大家一早就上路了。一路上，小鸟在树上鸣叫，野花散发出阵阵清香，大家边走边欣赏美景，中午就来到了事先选好的别墅。这里的别墅美极了，尤其是花园，有喷泉，有草坪，正好适合在这儿讲故事。女王吩咐大家午饭后午睡，然后聚集在草坪上讲故事。

聪明的马夫

马夫冒充国王和王后睡觉，国王发觉后剪掉马夫的一绺头发，马夫剪掉所有同屋人的头发，逃脱了惩罚。

潘比妮亚首先为大家讲了一个故事：

一个年轻人在王宫里为国王养马，因为他干活儿很卖力气，把马养得膘肥体壮，所以王后喜欢骑他养的马，这个年轻人因此偷偷爱上了王后。

叙述说明

养马的年轻人爱上了王后，为后文埋下伏笔。

但是，他知道自己地位低贱，王后也不可能爱上他。可是，他想如果能和王后睡上一晚也心满意足了。

晚上，他睡不着觉，就悄悄来到大厅。忽然他看见国王披着一件长袍，手里拿着蜡烛和一根手杖。国王走出自己的房间，穿过大厅，来到王后房间门口。原来，国王和王后晚上不睡在一个房间。国王用手杖敲了三下门。门开了,一个睡得迷迷糊糊的女仆,接过国王的蜡烛和手杖,关上了房门。

马夫一连在大厅里观察了几个晚上,发现国王并不是每天都去王后的房间;并且,每次去的时候,都是披一件长袍,手里拿蜡烛和手杖,敲了三下门。

马夫心想我可以趁国王不去王后房间的那天,冒充国王,去和王后睡觉。

打定主意后,他选定了国王可能不去王后房间的日子。他洗了澡,去掉身上的臭味,找了一件长袍、蜡烛和手杖。

晚上,他装扮好之后,来到王后房间,敲了三下门。门开了,女仆接过蜡烛、手杖之后,到自己床上睡去了。他走进了王后的寝室,既不点灯也不说话,上了王后的床,就和王后亲热起来。

由于担心被王后发觉,他很快就离开了王后的房间。

他刚走出王后的房间,走到大厅黑暗处,就发现国王走出了他的房间,向王后房间走去。

他急忙溜进了自己的房间,宫里的男仆都睡在这个大房间里,都已经睡着了。他急忙躺下,心里吓得"通通"直跳。

国王刚上了王后的床,就听王后说:"陛下,你不是刚刚离开吗?怎么又回来了?"

国王是个聪明人,他立刻明白有人冒充他上了王后的床。他灵机一动说:"我忘了拿长袍。"说罢,就离开了王后的房间。

国王没有向王后说明这件事,是不想让别人知道这件丢人的事。于是他悄悄来到男仆们的房间,因为他认定:这事肯定是宫里的男仆干的。他想这个家仆刚离开王后的房间,肯定心里激动得"通通"直跳。

▶ 叙述说明 ▶
马夫发现了国王去王后的房间的规律。

▶ 叙述说明 ▶
马夫由于刚才的事情,心情无法平静,他既是由于自己的计谋得逞而激动,也是由于害怕被国王发觉而心"通通"直跳。

于是,他挨个儿摸男仆们的脉搏,果然发现一个青年马夫的脉搏在剧烈跳着。他终于找到了这个冒名顶替的人。他拿出随身带来的剪刀,剪掉了马夫的一绺头发,心想明天一早,我就知道你是谁了,一定要重重地惩罚你。剪完头发后,国王就离开了房间。

马夫知道国王已经发现了他,因为他刚躺下,根本就没睡着。

叙述说明

马夫将所有人的头发都剪了一绺,让国王无法分辨。

马夫也是个聪明人,他悄悄起床,拿起剪马鬃用的剪子,把房间里的男仆们的头发都剪下一绺,然后,安心地睡了。

第二天,国王召齐全体男仆,让他们摘下帽子,吃惊地发现:每个男仆都少了一绺头发。他明白了,这个冒名顶替的人比他聪明。他不想把这件事张扬出去,就说:"这件事,只能做一次,不能有第二次,下不为例!"

男仆们都不明白国王为什么这样讲,只有马夫心里最清楚。

羊毛商太太

一个妇女爱上了一个青年,苦于无法传递消息,便以向神父忏悔为名,让神父无意间传递了消息。

女王命令菲罗美娜讲故事,她讲道:

一个羊毛商人花钱买来一个年轻妇女做老婆,妇女根本不同意做这个羊毛商人的妻子,商人怕她逃走就派人把她看管起来,只是去教堂做忏悔时才准她外出。

叙述说明

羊毛商太太心里有爱慕的男士,她不甘心嫁给羊毛商,她会怎么做呢?

这妇女在嫁给商人之前就爱上了一个青年,只是他们二人并不熟悉,现在更无法向青年表达爱意了。她只能坐在楼上,看着他每天从门前路过。

她知道这青年和神父是朋友，于是就决定想办法让神父替他们传递消息。但她知道神父是个严肃的人，决不会替他们传递消息的，于是，她就想出了一个主意。

一天，她去教堂，做了忏悔后对神父说："我一向忠贞于我的丈夫，平时根本不出大门。但是，有一个青年对我不怀好意，我平时在楼上坐着，他就隔着窗户盯着我看。还经常守在我家门口。据说，这人是你的朋友，高高的个子，穿一件灰色袍子。请你对他说一下，不要打我的主意。"

神父一听，自己的确有这样一位朋友。

第二天，他找到这个青年，告诫他不要打羊毛商太太的主意。

青年刚开始感到莫名其妙，仔细一想，在他路过的一幢房子的楼上，的确有一个太太经常含情脉脉地看着他，不过他并不认识她，就向神父否认了这回事。

神父说："不管有没有，你不能打一个贞洁女人的主意。"

过了几天，商人太太又对神父说：

"你的朋友越来越不像话，竟然让一个女仆送给我一个荷包做定情物。我本打算让那女仆原物带回，又怕那女仆私吞了这荷包。我把它交给你，请你交给你的朋友，让他再不要做这样的事了。"

神父找到青年，对他说：

"你为什么不听我的劝告，还送定情物给羊毛商太太，她让我把这荷包退回。你决不能再做这样的事了。"

青年听了这话，心想："我没有送东西给她呀！我明白了，肯定是这女人爱上了我，故意让神父这样说的。"于是，他就收下了荷包，答应了神父的话。

叙述说明

表现出她的聪明，那她想出了什么办法呢？引出后文。

叙述说明

青年为神父的话感到奇怪，他不知道那个妇女这么做是什么意思。

心理描写

青年终于理解了商人太太的意思，知道她爱上自己了。

又过了几天，商人太太对神父说：

"神父，你到底给你朋友说了没有，他还在骚扰我。昨天我丈夫去罗马做生意了，你的朋友竟在今天早晨从外面的树上爬到我楼上的窗口，幸亏我把窗户关得死死的，他才没进来。你一定要告诉他千万不要这样做。"

神父很生气地把这话告诉了青年，并严肃地批评了他。青年明白这是那位太太的邀请。

第二天一早，青年就从树上爬进太太的房间，二人如愿以偿在一起了。

自问自答

"爱穿"送给弗兰斯一匹马，获得一次机会同弗兰斯太太谈话，虽然太太一言不发，但"爱穿"自问自答，达到了目的。

女王命令伊丽莎讲故事，她开始讲了：

弗兰斯是个爱占小便宜的人，他准备到罗马去做生意，因为路途遥远，需要一匹好马。但他不舍得花大价钱买，总想找机会买便宜的，最好是不要钱的。

城里有个小伙子，喜欢穿戴，外号叫"爱穿"。他爱上了弗兰斯的妻子，但无法与弗兰斯太太接近，只能在弗兰斯家窗外痴痴地向里张望。他听说弗兰斯要买一匹好马，认为这是一个接近弗兰斯太太的好机会，于是，他决定把自己的好马卖给弗兰斯。

"爱穿"牵着马，路过弗兰斯家门口，嘴里喊着："便宜了，来买好马呀！"

语言描写

商人太太说的是反话，她用这样的形式传话给青年。

叙述说明

介绍"爱穿"这个外号的来由。

弗兰斯听见了吆喝声,叫住"爱穿",和他讨价还价,最后商定:"爱穿"免费把马送给弗兰斯,同时"爱穿"可以同弗兰斯太太谈话一次,弗兰斯在旁边监督着他们,但距离必须在十步以外。

弗兰斯把他带到家中的院子里,让他等着,自己去房间里找太太。

弗兰斯把这件事告诉了太太,并且说:"他对你说话的时候,你一句话都不要说,让那小子空高兴一场。咱们不花钱白捡一匹好马!"太太十分讨厌弗兰斯的吝啬气和爱占便宜的毛病,本不想答应,可她知道平时窗外有个小伙子含情脉脉地望她,她想去看一看这个人,于是就答应了。

语言描写
表现出弗兰斯的吝啬和爱占小便宜的毛病。

"爱穿"和太太面对面站着,弗兰斯远远地盯着他们。

"爱穿"对太太说:

"亲爱的夫人,我仰慕你的美貌和美德已经很久了,始终没有机会和你谈话。我每天痴痴地站在你的窗外,只要你出现在窗口,我的心里就感到无限的温暖。我并不是轻浮的人,我是真心地爱慕你,为了得到一次和你谈话的机会,我甘心把一匹心爱的马白白送给你丈夫。"

太太听了这话心里很感动,她想起她丈夫平时吝啬贪婪,到处占小便宜,非常不满。她很想和"爱穿"说句话,但是,她已经答应了丈夫不说一句话,而且他就在十步外盯着,无奈,她深深地叹了一口气。

心理描写
说明太太对"爱穿"有好感,认为他比自己的丈夫大方。

"爱穿"听太太一句话也不说,明白了这是弗兰斯耍的花招,但他从太太的叹息中听出了太太倾心于他,于是他眼珠一转计上心来,用太太说话的腔调说:

"亲爱的'爱穿',我明白你对我的情意,我也倾心于你,只是没有机会说话,我眨眨眼睛表示对你的好感。"

太太一听"爱穿"的话,心里很赞赏他的聪明,于是她眨了眨眼睛。

"爱穿"一看高兴极了,说:

"亲爱的太太,感谢你对我的好感,我渴望有机会和你见面。等弗兰斯出门做生意后,你可以在窗户上挂一条毛巾,这样,我就来找你谈心,好吗?"

太太又眨了眨眼睛。

就这样,"爱穿"用自问自答的方法达到了目的。

行为描写
太太无法回答"爱穿"的问题,但可以用眨眼来示意。

愚蠢的人

修道院院长为了和非特多的妻子私通,用药酒使非特多昏迷,非特多的妻子怀孕了,院长又让他复活了。

下面该罗丽达讲了,她说:

在一个偏僻的村庄外有一个修道院,院长的名声很好,人们都说他高尚、圣洁,但没有人知道他十分好色。

村里有一个财主叫非特多,十分愚蠢,而且很爱忌妒。他的妻子很漂亮,他从不允许其他男人和她讲话。

非特多经常带妻子去修道院做祈祷,他们和院长很熟,院长偷偷地爱上了非特多的妻子。

叙述说明
院长好色,所以他看上非特多的妻子并不会让人感到吃惊。

一天,在修道院花园里,院长对非特多和他妻子大讲忏悔修福的道理,非特多的妻子当即随院长到忏悔室去忏悔。她说:

"院长,我十分讨厌我丈夫,他愚蠢得要命,而且很爱忌妒,根本不许我和其他男人说一句话。如果不是我上当受骗和他结了婚,我宁愿一辈子不结婚。请问你有什么办法可帮我改掉他的愚蠢和忌妒心吗？"

院长听了这话，觉得这是一个得到非特多的妻子的绝好机会，就说：

"愚蠢是无法治疗的，但忌妒是可以治的。我十分同情你，愿意帮助你，但你必须坚守秘密。"

妇人答应了。

院长说："我给他吃一种药，让他到炼狱里去，在那里治好忌妒之后，我们再祈祷上帝，让他复活过来。"

妇人说："活人怎么去炼狱呢？"

院长说："当然要让他先死。"

妇人说："那样的话，我岂不是要守寡了吗？"

院长说："是的，在你丈夫的治疗期间，你不能再嫁人。等他治好之后，就永远不会忌妒了。你放心，仁慈的上帝会在治

语言描写

院长的话简直就是无稽之谈，妇人会答应他的要求吗？设置悬念，引出下文。

语言描写
院长所谓的使者其实就是在说他自己。

疗期间,派使者补偿你的。"

妇人答应了。

过了几天,非特多又到修道院,院长在给他喝的酒中加入了一种药,这种药可以使人像死人那样昏过去好几个小时。

非特多在祈祷的时候忽然倒在地上,大家一摸脉搏,已经不跳了,都以为他死了,于是通知他妻子来,当天举行葬礼,埋在修道院旁的墓地。

到了晚上,院长和一个叫波罗的心腹修士把非特多从墓地挖出来,送进一个地窖。他们把他的衣服脱下来,换上修女袍。院长出去了,波罗守在旁边看着他。

不久,非特多醒了,发现自己在一个黑洞洞的房子里,旁边还有一个黑乎乎的人影,就说:"我这是在哪儿?"

语言描写
波罗欺骗了愚蠢的非特多,让他以为自己在炼狱。

波罗说:"非特多,你在炼狱里,我是炼狱的一个看守。"

"我死了吗?"非特多问道。

"是的,因为你生性忌妒,所以上帝让你在炼狱修行。"波罗回答。

从此,每天波罗给他送饭,并告诉他说是阳间他妻子送的供品,从此非特多就生活在这"炼狱"里了。

院长趁天黑,换上非特多的衣服,来到非特多家,他妻子一见,以为是鬼。

叙述说明
表现出那女人的愚笨,一味地相信院长的话,从侧面可以看出她不爱自己的丈夫。

院长说:"你别怕,我是院长,上帝派我来替非特多补偿你。"

那女人信以为真,两人就亲热起来。

此后,院长经常到女人那里去。

有一次,那女人告诉院长说她怀孕了,院长怕事情败露,就回去和波罗商量,应该把非特多放出来了。

波罗到地窖中对非特多说："你修行得很好，上帝下了旨意，让你明天复活，上帝还会赐你一个孩子，你切不可再忌妒了。"非特多听后高兴极了，波罗在饭中又放了药。等他昏迷后，院长和波罗又把他埋入了坟墓中。

非特多在棺材中醒来，他推开棺材盖，跳出坟来，大叫："上帝呀，我复活了！"众人正在祈祷，都很吃惊。非特多就向大家说了事情经过，院长说："这是上帝的仁慈，也是他妻子每天为他祈祷的结果。"

非特多高高兴兴地回家了。

劝回丈夫

波特兰服从国王的命令和吉达结了婚，但从此离家出走，吉拉设计让丈夫回心转意。

女王自己也讲了一个故事：

法国有个伯爵由于身体不好，聘请了一个家庭医生，医生的一家就住在伯爵的府中。

医生有个女儿叫吉达，既聪明又漂亮，她爱上了伯爵的儿子波特兰。

后来，伯爵去世了，波特兰因为是国王的亲戚，就去了巴黎，由国王教养。不久，医生也去世了。

吉达一直住在伯爵的封地，她想去巴黎找波特兰，但一方面因为没有正当的理由，一方面因为亲戚们怕路上危险，不让一个姑娘独自出门。当地有许多年轻的小伙子向吉达求婚，可吉达一心爱着波特兰，都一一拒绝了。

后来，国王生病了，胸口长了一个肿块，很痛苦，巴黎很多

51

名医都无法医好国王的病。

吉达听说了这个消息，心里很高兴，因为她向父亲学习过这种病的治法，这样一来，她就有正当的理由去巴黎见波特兰了。

吉达带着她自己配制的药来到巴黎，见到了波特兰，让波特兰推荐她去治疗国王的病。

国王对自己的病已经失去了治疗的信心，他见到吉达，说："姑娘，如果你治不好我的病，我要惩罚你，因为你向我吹嘘你医术高明。"

"如果我治好了您的病，您怎么奖赏我呢？"吉达问。

"我给你找一个好丈夫。"国王答道。

"我要自己挑选丈夫。"吉达说。

国王答应了。

没过几天，吉达真的治好了国王的病。

国王说："你打算让谁做你的丈夫呢？我可以为你做主。"

"我想嫁给波特兰。"吉达说。

"好！波特兰现在已经继承了伯爵的爵位，你要成为伯爵夫人了。"国王笑着说。他把波特兰找来，问他是否同意婚事。

谁知波特兰嫌吉达地位低下，只是个医生的女儿，配不上一个伯爵，他说：

"我不喜欢地位低下的人，但是既然国王要履行诺言，让我娶她，我只好答应。"

国王为他们举行了婚礼，举行婚礼后，让他们返回自己的封地。

可是，刚刚举行完婚礼不久，波特兰就离开了吉达，去了意大利。临行前，他对吉达说：

"我永远不会和你在一起,除非你手上戴着这只父亲留给我的戒指,并且怀里抱着和我生的孩子!"

吉达只好伤心地回到封地,心想:"我永远也不可能和波特兰成为夫妻了,因为他不可能给我他的戒指。我们不在一起,也不可能生他的孩子。"可是,封地的人们都把她当作伯爵夫人看待,吉达见封地的事务无人管理,便替波特兰管理封地,很快,封地就被管理得井井有条了。

过了一段时间,吉达觉得无聊,失去了对生活的信心。于是,她带着足够的钱和一个仆人去了意大利。在那里,她住在一家小客店,一边修行读《圣经》,一边等候波特兰回心转意的那一天。

有一天,她看到波特兰带着许多仆人从小客店门口经过,就装作不认识他的样子,问女店主:"这是谁呀?"

女店主说:"你不知道,这是波特兰伯爵,他看上了我邻居家的姑娘,姑娘家原来也是贵族,可现在贫穷了,姑娘和她母亲都是品德高尚的人。"

吉达听说这话,忽然想了一个主意。她问清了姑娘的姓名和住址,第二天就去拜访她们。

吉达向她们说明了自己的经历,母女二人都很同情吉达。

"我必须办成这两件事,才能让丈夫回到我身边。"吉达说,"可现在除非你们二人帮助我,否则我们夫妻不能团聚,因为我听说我丈夫爱上了这位姑娘。"

"是的,"母亲说,"但是我们不知道波特兰是不是真的爱我女儿;再说,我们是穷人,怎么帮你呢?"

"如果你肯帮我,"吉达说,"我会给你女儿一笔钱做嫁妆,让她找一个好丈夫。"

心理描写

吉达知道波特兰是故意为难自己,他的要求无法达到。

铺垫

为后文做铺垫。

53

母亲因为贫穷，给女儿办不起嫁妆，就答应了，但同时声明她们不去做伤天害理的事。

语言描写
吉达想到了让丈夫回心转意的办法，这对母女会帮助她实现自己心中所想吗？

吉达说："你去让人告诉伯爵，说为了考验伯爵是否真爱你的女儿，让他把那只戒指送给你女儿。你把那戒指交给我，如果伯爵找你女儿来幽会，我就冒充你女儿和伯爵睡觉，等我怀了孕，我就有希望让丈夫回到身边了。"

母女二人刚开始不同意，可是成全吉达夫妻团聚也是一件善事，就同意了。

就这样，吉达得到了戒指，并怀了波特兰的孩子。

波特兰听说吉达离开封地出走了，就回到了封地。这时，吉达已经生了一对双胞胎男孩，长得特别像波特兰。

吉达带着孩子回到封地，她抱着一对孩子来到大厅。这时，波特兰和朋友们正准备吃饭，吉达走向前，对波特兰说：

"丈夫，我是你的妻子吉达，那年，你说除非我有了戒指和你的孩子，你才回来。我为了你回心转意，吃尽苦头才达到了你的要求，现在你应该回心转意了。"

叙述说明
波特兰为吉达的所作所为感动，心里非常后悔曾经离家出走。

伯爵和朋友都很吃惊，吉达就讲了事情经过。波特兰知道这些都是事实，很为吉达的真诚感动，看着他自己的儿子，心里很后悔当初不该那样对待妻子。

夫妻二人终于和好了。

叙述说明
总述后面几人也讲了故事，并没有在文中说明故事的具体内容。

女王讲完故事之后，剩下几个没讲的，也都讲了依靠机智，得到心爱的东西的故事。

大家讲完故事之后，女王从头摘下桂枝编成的花冠，戴在菲陀拉多头上。这样菲陀拉多成了新的国王。国王说：

"朋友们，我们经常为了爱情而苦恼，因为我们的爱情经常没有满意的结果。我看，我们明天的故事就以结局悲惨的爱情为中心吧。今天剩余时间，大家尽情唱歌跳舞吧！"

他们十个人又度过了快乐的一天。

拓展阅读

名师点拨

第三天，十个人同样讲述了十个故事。这里选取的五个故事都十分典型，突出了女王设置的主题，同时也体现了人性的基本特点，聪明的人，无论他所处何种境地，总能如愿以偿。

回味思考

1.院长是如何躲过非特多的监视，与非特多的妻子在一起的？

2.波特兰对吉达提出什么要求，要吉达做到之后才愿意和她在一起？

好词收藏

膘肥体壮　心满意足　迷迷糊糊　灵机一动　不怀好意

好句积累

🕐门开了，一个睡得迷迷糊糊的女仆，接过国王的蜡烛和手杖，关上了房门。

🕐他刚走出王后的房间，走到大厅黑暗处，就发现国王走出了他的房间，向王后房间走去。

🕐她知道这青年和神父是朋友，于是就决定想办法让神父替他们传递消息。

🕐但他不舍得花大价钱买，总想找机会买便宜的，最好是不要钱的。

第四天

名师伴你读

菲陀拉多做了今天的国王,早早地就起来了。上午,他安排大家游玩;午睡后,他召集大家来到花园,按照昨天的计划讲结局悲惨的爱情故事。

双双殉情

公爵痛恨女儿找了个贫寒的情人,就挖出了那人的心,放在金杯中给女儿,女儿悲痛自尽。

菲美达给大家讲了一个故事,她说:

从前,有一个公爵,夫人早亡,只有一个女儿洁丝,是他的掌上明珠。

叙述说明

洁丝20多岁还未出嫁,她感到不快乐,后来嫁给一个公爵的儿子,丈夫却早亡,她又回到了父亲身边。

洁丝长到20多岁时,公爵还不想把她嫁出去。洁丝很不快乐,整天叹气。公爵看到她这样,就把她嫁给了另一位公爵的儿子。谁知,洁丝的命运不好,不到一年,丈夫就死了。她又回到公爵身边。

这一回,公爵再也不提让洁丝再嫁的事,他打算让她一直生活在自己身边。

公爵府中有一个年轻侍从,人品高尚,相貌堂堂,洁丝偷偷地爱上了他。她觉得让别人捎信儿给这位青年不太妥当,就想了个主意向他表达爱情。

一天,洁丝让女仆赏给这个青年一块蛋糕,青年回到自己房间,吃着这蛋糕,心里很激动,因为他也偷偷地爱着洁丝。吃到一半,忽然他发觉咬到了什么东西,掰开蛋糕一看,里面有一个折好的信封。原来,洁丝把信藏在了蛋糕里。青年读了信心里非常高兴,他决心按照信上的方法去做。

洁丝住的房间一角有一个洞口,平时用地板盖着。顺着洞下去,走一段石阶,就可以看到一扇门。推开门,是一个地下室,穿过地下室,再走一段石阶,就可以到达公爵府外的一个小树林。这一条暗道只有很少的几个人知道。

这天晚上,青年来到小树林,找到通向地下室的洞口,顺着这条暗道来到洁丝的房间。

二人见面后心里都很激动,互相表达爱慕之情,他们发誓要终生相爱,决不分离。天快亮时,洁丝才恋恋不舍地把青年从暗道送走。就这样,他们来往了很长时间,谁也没有发觉。

一天下午,洁丝和女仆们在花园闲坐,她们没有看到公爵走进了洁丝的房间。公爵到洁丝房间后,发现洁丝不在,就坐在窗边的椅子上向外面看风景,竟不知不觉地睡着了。

这天晚上,正是洁丝与青年仆人约会的时间。洁丝回到房间,并没有看到父亲睡在椅子上,因为椅子后面有一张宽大的窗帘,风吹窗帘,把这椅子遮得严严实实。青年按时来到,二人很是亲热。

不料,公爵被吵醒了,他一看,女儿竟然和一个地位低贱的侍从在一起,不由大怒,可他忍住了,他要将他们永远分开。公爵看到青年从暗道离开洁丝的房间,明白了他是如何进来的。等洁丝睡着之后,他悄悄溜出房间。

叙述说明

洁丝对青年指明了她房间里的暗道,方便他们往来。

叙述说明

女仆并没发现公爵进了洁丝的房间,因而无人向洁丝禀告,而公爵在洁丝房间里睡着了,为后文埋下伏笔。

公爵派人在府外小树林里埋伏守候，没过几天，就抓住了青年侍从。

公爵审问青年时，青年向公爵表示他是真心爱洁丝，并指责公爵不该看管洁丝那么严格，不该把洁丝当作自己的财产一样关在家里。公爵大怒，命人把他关在牢里。

第二天，公爵向还不知情的洁丝说："洁丝，我一直以为你是位稳重的姑娘，谁知你竟然和别的男人来往，如果你和一位地位高贵的男人来往倒还罢了，你竟然和一个地位下贱的侍从来往，这让我十分伤心。洁丝，我老了，身边只有你这一个女儿，希望你让我放心。"

语言描写
公爵是一个十分看重身份地位的人，他认为侍从配不上洁丝。

洁丝听了这话，知道事情败露了，那青年侍从很有可能被父亲抓了起来，凶多吉少。她心里十分悲痛，但她是个坚强的女人，她想，如果那侍从有了什么意外，她也不会抛弃他独自活在世上。于是，她镇静地对父亲说："亲爱的父亲，我很爱你，但是你不知道我是一个活生生的人，你不让我再嫁，我只好另找情人。我选择他是因为他人品高尚，至于出身高低我并不注重，出身高贵的人不见得就高尚。你是分不开我们的我们发过誓要永远在一起。"

公爵听了洁丝的话，觉得劝不动她，就必须用另一种办法分开他们。于是，他命人把青年侍从绞死，挖出心脏，把它装在一个金杯里，让一个心腹仆人送给洁丝，并传话说：

行为描写
表现出公爵的残忍。

"这是你最心爱的东西。"

洁丝明白了一切，她对金杯里的心说：

"亲爱的心，你是高贵的，只有金杯才配得上埋葬你，让我的眼泪做你的陪葬品吧。让我的灵魂一路和你一起去天堂。"

洁丝往金杯里倒入毒酒，一饮而尽，然后躺在床上等待死亡。

女仆发现了洁丝痛苦地躺在床上，就叫来了公爵。

洁丝告诉父亲，她为了与青年一同上天堂，已经喝下了毒酒，并哀求父亲，让他们二人合葬。

公爵老泪纵横，后悔不已，答应了她的请求。

人们听说了这件事，纷纷前来参加洁丝和青年侍从的葬礼。

叙述说明

洁丝喝下毒酒，他们希望一起上天堂。

三对情人

三对情人合伙逃到克力岛，出于忌妒，六个人先后遭了殃。

国王命令罗丽达讲同样主题的故事，她说：

法国马赛有一位富商，他有三个女儿，大女儿妮娜，二女儿玛娜，三女儿贝娜。

妮娜和一个落魄的青年贵族雷丝诺相爱了，但父亲却嫌雷丝诺贫穷，不答应他们结婚。

玛娜和贝娜也分别和两个青年福科、伍特相爱。福科、伍特二人的父亲已经去世，他们继承了大笔遗产。

雷丝诺见福科和伍特很富有，就有意和他们交往，很快成为了好朋友。一天，他对二人说：

叙述说明

雷丝诺看重福科和伍特的钱财，于是主动和他们交往。

"亲爱的朋友，我们之间应该互相帮助，共同追求我们的幸福。我有一个主意，可以让我们和我们的爱人永远地生活在一起。我们把各自的钱合在一起，让那三姐妹也带上她们父亲的财产，一同去克力岛，在那里过逍遥自在的生活。"

那两个人一听能和自己心爱的人永远在一起，就同意了。雷丝诺又骗得三姐妹也同意了他的主意。

于是,六个人拿了家财,偷偷来到克力岛,买房屋,买仆人,生活过得很自在。

谁知,日子没过多久,雷丝诺就变了心,不再爱妮娜,却爱上了当地一个姑娘,并且经常不回家。妮娜多次劝说他,他仍不悔改,久而久之,妮娜渐渐由爱变恨,决心杀死雷丝诺这个负心人。

叙述说明
妮娜对雷丝诺因爱生恨,决定杀人,继而会发生什么事情呢?

妮娜找到岛上一个贩卖毒药的老太婆,毒死了雷丝诺,大家以为雷丝诺生病而死,就为他举行了葬礼。

不料,那个老太婆因为犯了别的罪,被抓了起来,连卖给妮娜毒药的事一块儿供了出来,案子很快水落石出,妮娜被抓了起来。

管理克力岛的公爵迟迟不判妮娜死刑,因为他看上了玛娜的美貌,想借机占便宜。玛娜平时很讨厌公爵,多次拒绝他的非礼要求。不过这次因为要救姐姐,她答应了公爵的要求,但二人商定:公爵放妮娜回家,公爵和玛娜之间的事不能让别人知道。

叙述说明
玛娜为了救姐姐答应了公爵无礼的要求,引出后文。

晚上,公爵派人把福科和伍特抓了起来,说是要审讯。自己却把妮娜装在一个口袋里,带到了玛娜家,对外则宣称把妮娜装在口袋里扔进了大海。玛娜把妮娜藏在家中一间客房里。

第二天,福科和伍特被放了回来,福科发现玛娜的神情很不对劲,就逼问她发生了什么事。无奈,玛娜讲了事情真相。福科气愤至极,拔剑杀了玛娜。

叙述说明
福科带着妮娜逃跑,却从此失去了下落。

福科知道自己犯了死罪,就匆匆找到藏妮娜的房间,对她说:"玛娜让我送你快逃。"于是,二人连夜乘船走了,从此再没有下落。

第二天,一个仆人发现了玛娜的尸体。他和伍特平时有些矛盾,因为他原来在伍特家做仆人,伍特发现他偷东西,就把他赶了出来,是玛娜收留了他。这个人就跑去报告公爵说是伍特杀了玛娜。

公爵大怒,立刻抓来伍特,严刑逼供,伍特含冤而死。他的妻子贝娜因悲痛而发了疯。

叙述说明
伍特家原来的仆人诬告伍特,说是他杀了玛娜。

王子的悲剧

吉诺因为自己的心上人要另嫁他人,就拦截出嫁船只。船上的人杀死新娘,吉诺就杀了船上的人,自己也被杀。

接下来,伊丽莎也讲了一个故事:

从前,西西里国有一个英俊勇敢的青年王子,名叫吉诺。他武艺超群,英名远扬国外。

隔海相望的突尼斯国公主久仰他的英名,便爱上了他。而吉诺也听说公主是世界上最美的姑娘,很想和她见上一面。

吉诺就把心事告诉了一个朋友,这位朋友便扮作商人,到突尼斯贩卖化妆品。朋友设法见到了公主,传达了吉诺对她的爱慕。公主很高兴,让朋友回去后也传达她对他的爱慕。就这样,靠朋友的帮助,二人约定终身相爱,永远不分离。

天有不测风云,突尼斯国王为了联合格林纳国,便决定把公主嫁给格林纳国王。吉诺听说后很生气,就决定在公主出嫁的船只必经的海上抢亲。

突尼斯国王曾听说公主与吉诺的事,并风闻吉诺要抢亲,便派使臣去求见西西里国王,要求国王阻止吉诺的莽撞行为。国王年龄很大了,根本不知道吉诺和公主相爱的事,便满口答

叙述说明
介绍了故事的主人公的身份和能力。

叙述说明
吉诺和公主靠朋友的帮助订婚。

应，并交给使臣自己的一只手套，说如果有西西里人劫船的话，向他们出示手套，他们见是国王的手套，就不会为难出嫁的船只了。

吉诺听说国王已向突尼斯国做出保证，不知该怎么办。想来想去，他决定还是去抢回自己的心上人。于是他就偷偷地召集了一批武艺高强的水手，乘坐两条快船，前往出嫁船只必经的海面守候。

突尼斯国王为安全起见，派了一名使臣和许多士兵，与格林纳国王派来接公主的使臣一起护送公主，并让使臣带上西西里国王的手套，以防万一。

吉诺带着两条快船，守候在海面，他对水手说："公主出嫁带着许多财物，事成之后，那些财物全部分给你们。"

说着说着，他们远远地看到出嫁船只朝这边驶来。吉诺一声令下，快船上前截住了大船。吉诺站在船头高喊，让他们交出公主。大船上的二位使臣问明拦截者是西西里国的吉诺后，便拿出西西里国王的手套，让他们放行。吉诺置之不理，命令水手放箭，双方打了起来。

吉诺又命令水手在箭头上绑上火药，放火烧船。很快，大船便着了火。

格林纳国使臣见大船保不住了，便把公主带到甲板上，对吉诺说："你们实在无礼，不守诺言。我们决不会投降，你想要公主吗？但你只能得到她的尸体。"说罢，一刀杀死了公主。

吉诺见状心痛得眼睛都红了，他带领水手，冲上大船，杀死了船上所有的人。

吉诺的船驶回西西里不久，突尼斯国和格林纳国便派人来，要求国王惩办凶手。国王无奈，处死了吉诺。

忠贞的西妮

姑娘和青年在花园谈情说爱,青年用丹参叶子擦牙齿而中毒身亡,姑娘为证明自己的清白,也用丹参叶子擦牙齿而死。

艾米拉为大家讲了个故事:

佛罗伦萨有个叫西妮的好姑娘,美丽又善良。她家境贫寒,每天在家里帮羊毛作坊纺羊毛维持生活。

每天早上,由一个羊毛作坊的伙计把羊毛送到西妮家,晚上再把纺好的毛线带走。这个年轻的伙计名叫巴斯卡,聪明勤劳,他和西妮互相钟情,正在热恋。

一个星期日傍晚,二人相约来到公园,他们边走边聊,很开心。西妮觉得走累了,他们就坐在一丛茂盛的丹参旁休息。

巴斯卡对西妮说:"亲爱的,你知道吗?丹参叶子可以当药材用,用它做菜,菜更有味道,还有滋补功能,把它含在嘴里,能去除口臭,清洁牙齿。"

说罢,他就摘下了一片丹参叶子,放在嘴里擦了擦牙齿。谁知他刚把丹参叶子扔掉,就觉得呼吸困难,一会儿工夫,浑身浮肿,气绝身亡。

西妮见状吓得大叫,公园里的人们闻声赶到,其中有一人是巴斯卡的朋友,他一见死者是自己的朋友,就大声说:"你这个女人,你为什么毒死我的朋友!"

西妮百般解释,人们根本不相信丹参有毒。于是,把她送到法官那里。法官也不相信丹参有毒,就带众人来到公园的那丛丹参旁。

> **叙述说明▶**
> 西妮和巴斯卡正在热恋中,他们之后会有什么样的生活呢?

> **叙述说明▶**
> 丹参明明有许多好处,为什么巴斯卡会中毒身亡呢?

语言描写
表现出西妮的大无畏精神,她为了证明清白,宁愿丢失性命。

西妮摘下一片叶子,说:

"法官大人,各位朋友,我是清白的,我根本没毒死我的恋人。为了证明我的清白,我情愿用这叶子擦我的牙齿。"

说罢,她把这片叶子放进嘴里擦了擦牙齿。果然,没过一会儿,她也浑身浮肿,气绝身亡。

大家见到这种情境,都为西妮惋惜。法官见这株丹参果然有毒,就命令把它连根刨掉,以免再有人中毒。

叙述说明
人们终于知道了西妮和巴斯卡中毒的原因。

人们把这株丹参连根刨掉之后,发现下面有一只毒蛤蟆,是它的毒液使丹参变毒了,于是就放火烧掉了这株丹参和这只毒蛤蟆。

最后,法官宣布为西妮和巴斯卡举行葬礼,把他们合葬在一起。

痴情人

吉卢木因心爱的姑娘另嫁他人心痛而死,那姑娘在他的尸体旁也心痛而死。

吉卢木是一个富翁的独生子,富翁一心想让他娶一个贵族小姐,可是他偏偏爱上了裁缝的女儿莎尔美。

富翁见儿子和一个裁缝的女儿相爱,便想分开他们,就对吉卢木说:

语言描写
富翁想办法分开了吉卢木和莎尔美。

"儿子,你年龄已经不小了,不能老是待在家里,应该出去学习本龄,我已经给你安排好了,送你到巴黎去学习经商。"

吉卢木不愿意离开莎尔美,无奈,父亲不同意,他只好恋恋不舍地去了巴黎。

两年后,吉卢木回来了。但是,莎尔美已经嫁给了一个青年鞋匠。

吉卢木打听到鞋匠的家,趁他们晚上出门的机会,躲在鞋匠家里。

不久,莎尔美和鞋匠回来了。吉卢木又等他们睡着之后,悄悄来到床前,轻轻拉住了莎尔美的手。

莎尔美被惊醒了,正要叫喊,忽然听到吉卢木的声音:"我是吉卢木,我来看你的。"月光下,她认出了吉卢木。

吉卢木哀求莎尔美接受自己的爱,莎尔美说:"这不可能,因为我已经结婚了,这都是上帝的安排,我们来生再做夫妻吧!"

吉卢木知道他们的爱情不会有结果,就说:

"让我躺在你身旁一会儿好吗?我不会打扰你们的。"

莎尔美同意了,吉卢木伤心地躺了下来,由于极度伤心,竟然心痛而死。

过了好一会儿,莎尔美见他还不离开,而且一动不动,就摸了摸他,吃惊地发现他已经死了。她不敢立即告诉丈夫,就把丈夫叫醒,只是问他,如果这种事发生在别人家怎么办。鞋匠说,只好把死者弄到他自己家,并不责怪那女人。莎尔美这才把真相告诉了丈夫。于是二人把吉卢木的尸体偷偷送到了吉卢木家门口。

第二天,富翁发现儿子死在家门口,悲恸欲绝,医生验尸结果说是吉卢木过度悲伤,心痛而死。于是,家人把尸体送到教堂停放,亲友们围着尸体痛哭。

鞋匠担心事情败露,就让莎尔美到教堂去,看一看别人是否怀疑吉卢木死在他们家。

莎尔美来到教堂,见到尸体,不觉想起他们从前相亲相爱的情景,痛哭失声,竟然气绝而死。

语言描写
莎尔美认为自己已经结婚了,和吉卢木是不可能再在一起的。

叙述说明
表现出吉卢木对莎尔美深深的爱。

叙述说明
莎尔美看到吉卢木的尸体,感到伤心,因而也痛哭失声,气绝身亡。

65

人们感到奇怪，赶快通知鞋匠，这时鞋匠说出了事情的始末。

人们没有想到这一对从前的恋人，竟有如此深厚的感情，就把他们葬在了一起。

侍女的计策

医生的妻子以为误喝麻醉药的情人已死，把他装在箱子里，不料箱子被偷，情人被当作小偷判刑入狱，侍女设计救了他。

叙述说明

第奥诺不想继续讲述伤心的故事了，于是换了一个故事的风格，讲述了轻松的故事。

国王命令第奥诺给大家讲个故事，第奥诺说，大家听了好几个让人伤心的故事，他还是讲个轻松的故事，让大家开开心吧。国王同意了，第奥诺就讲了起来：

从前，有个年老的医生，娶了一个年轻太太，太太非常不满意，就偷偷地找了个情人。情人名叫鲁力，二人经常背着医生幽会。

一天，有一个腿上长疮的病人给抬到医生家。医生一检查，说这疮得割掉。病人家属就把病人托付给医生治疗，自己就回家了。

叙述说明

助手将麻醉药水放在桌子上，为后文做铺垫。

医生让助手准备好麻醉药，以备手术时用。助手用几种药材煮好了麻醉药水，装在一个瓶子里，顺手放在了桌子上。

医生正准备给病人动手术，忽然有人来请他，说是佛罗伦萨有人打架，打伤了人，病情严重，得赶快去治疗。医生就把手术推迟到第二天，先跟来人去了佛罗伦萨。

医生太太一见医生去了佛罗伦萨，知道他今晚不会回家，就派自己的侍女去通知鲁力，让他偷偷来家，先藏在卧室里，等家里的仆人全睡着之后再幽会。

鲁力在卧室坐了一会儿，觉得口渴，就走出房间，看到外面桌子上有一瓶水，就拿起来喝了，又回到卧室里。不一会儿，他就昏睡过去。

天黑后，医生太太来到卧室，看到鲁力躺在地上，就上前叫他，推他，可是怎么弄他也不醒。医生太太吓坏了，以为他得急病死了，立刻叫来侍女。侍女也以为他死了，就说：

"太太，得赶快把尸体弄出去，要不然，被别人发现家里死了人可不得了。"

太太说："弄到哪里去呢？"

"不要紧，"侍女说，"今天傍晚我看到咱们邻居木匠家做了个箱子，放在院子里晒，忘记收了，我们就把尸体放在箱子里吧。"

于是二人抬起尸体，把他放在了邻居木匠家的箱子里。

正巧，有个小偷，晚上偷东西路过木匠家，看到院里有个箱子，就把它扛回了家。他一边走，一边想："这么沉的箱子，里面肯定有许多值钱东西。"回到家，他把箱子放在桌子上，让他老婆看好，他又出去偷东西了。

等到后半夜，鲁力在箱子里醒了，他觉得难受，就翻个身。

不料，小偷放箱子时没放好，箱子"咚"的一声掉在了地上，吵醒了小偷的老婆，她定睛一看，一个人从箱子里爬出来，吓得大叫："抓小偷！"邻居们听到喊声，赶来把鲁力扭送到法官那里。法官断案迅速，判鲁力蹲三年大牢。

消息传到医生太太那里，她和侍女都很奇怪，明明鲁力死了，怎么能到别人家里偷东西呢？

第二天，医生回来了，准备给病人动手术，发现麻醉药不

叙述说明
医生太太和侍女发现了喝麻药昏迷的鲁力，以为他死了，为后文埋下伏笔。

语言描写
侍女说将尸体放在邻居家的箱子里，为后文埋下伏笔。

叙述说明
法官并未做调查，直接将鲁力判刑了。

见了，就问家里人药到哪里去了。太太这时才明白鲁力昨晚为什么像死人一样，原来他喝了麻醉药。

太太和侍女悄悄商量该怎么办，侍女说：

"太太，事也凑巧，早上我听到木匠在大吵大闹说他做的箱子晚上忘记收，竟然丢了。我想，肯定是小偷连人带箱子偷回了家，太太，你不要着急，瞧我的。"

侍女走到医生面前请他原谅，因为她的情人鲁力昨天到她的房间约会，要水喝，她就拿了瓶子给他喝了，不想鲁力会惹出这么大的麻烦。

医生也知道鲁力被抓的事，就对侍女说：

"既然这样，你应该对法官讲明事实，救出你的情人，下次决不能再出这样的错了。"

侍女来到监狱，买通看守，见到鲁力，对他说，要想不坐牢，就要向法官这么讲，于是，她就把应该向法官申辩的话教给鲁力。

找过鲁力，她又去找法官，对法官说，她是鲁力的情人，昨晚二人约会，误喝麻醉药，她以为他死了，就把他放在木匠的箱子里，不料被小偷偷走。她还向法官说，扭送鲁力来的那户人家肯定就是偷箱子的人。

法官派人调查，查明真相，释放了鲁力，逮捕了小偷。

第奥诺的故事逗得大家哈哈大笑，国王又让剩下的几位也讲了故事。

国王对大家说：

"请原谅，今天的故事让人很伤心。不过，我也要离任了，明天让菲美达做女王吧！"

菲美达戴上桂冠，说："明天，我们来讲结局美满的爱情故事，那样大家就不会像今天这样伤心了。"

接下来，像往常一样，大家吃过晚饭就唱歌跳舞，尽兴而散，各自就寝。

叙述说明
侍女对法官陈述了事情的经过，虽然有些不尽是事实，但却没有冤枉一个好人。

语言描写
国王选定了菲美达做后面一天的女王。

拓展阅读

名师点拨

第四天，大家讲述了悲惨的爱情故事，每一个故事都以悲剧结局，让人伤心不已，唯有第奥诺的故事一改伤心的基调，让大家感到快乐。

回味思考

1. 吉卢木是怎么死的？
2. 王子吉诺有没有抢回心上人？
3. 侍女是如何救出鲁力的？

好词收藏

相貌堂堂　恋恋不舍　不知不觉　严严实实　老泪纵横
逍遥自在　水落石出　置之不理　悲恸欲绝　哈哈大笑

好句积累

　　🕐 二人见面后心里都很激动，互相表达爱慕之情，他们发誓要终生相爱，决不分离。

　　🕐 公爵到洁丝房间后，发现洁丝不在，就坐在窗边的椅子上向外面看风景，竟不知不觉地睡着了。

　　🕐 洁丝听了这话，知道事情败露，那青年侍从很有可能被父亲抓了起来，并且凶多吉少。

　　🕐 妮娜多次劝说他，他仍不悔改，久而久之，妮娜渐渐由爱变恨，决心杀死雷丝诺这个负心人。

　　🕐 谁知他刚把丹参叶子扔掉，就觉得呼吸困难，一会儿工夫，浑身浮肿，气绝身亡。

　　🕐 莎尔美来到教堂，见到尸体，不觉想起他们从前相亲相爱的情景，痛哭失声，竟然气绝而死。

第五天

名师伴你读

太阳从东方升起，新的一天到来了。清晨，女王带领大家到野外散步。午睡醒来后，大家都聚在花园里开始讲故事。女王对大家说："今天我们讲结尾美满的爱情故事，艾米拉你先讲，好吗？"艾米拉高兴地同意了。

有情人终成眷属

丝达莎以为情人马乔已死，便乘小船出海自尽，却被风吹到突尼斯。马乔在突尼斯立下了大功，二人喜结良缘。

西西里岛有一个美丽的姑娘，名叫丝达莎，她和一个名叫马乔的青年相爱，而丝达莎的父亲却嫌马乔贫穷，不肯把女儿嫁给他。

马乔遭到拒绝后非常生气，他发誓说，挣不到大钱绝不回家。于是，他就到了非洲北部，在那一带的海盗船上做了海盗，很快就挣了不少钱。但他的运气并不好，没过多久，海盗船就被突尼斯国王派人剿灭了，他本人也被关进大牢。

消息传到西西里岛，丝达莎听说马乔所在的船被沉进了大海，船上的人全被杀死，她悲恸欲绝，只想一死了之。她趁天黑，偷偷地来到海边，上了一只小船，她把船桨、船帆全都扔

叙述说明
马乔被突尼斯国王关进了大牢。

进海里,心想这样的小船到大海肯定会被打翻。于是她用衣襟盖上脸,躺在了船舱里等死。

事与愿违,小船并没有被风浪打翻,而是被风吹到了非洲北海岸,而丝达莎一直昏睡在船舱里。

正巧,当地一名妇女正在海边洗渔网,忽然发现一条小船被吹着向岸边漂来。等船靠了岸,她看到一个姑娘躺在船上。她叫醒这姑娘,问她是谁,丝达莎知道自己被救了,她就没有向这位当地妇女说出真相,只说自己是逃出来的。当地妇女就收留了她,让她和自己一起干活儿,还告诉她,离这不远就是突尼斯城。他一住就是两年。

突尼斯国王有一个仇敌,经常前来骚扰,这一次,竟发来军队进攻突尼斯。马乔在监狱里听说了这个消息,就对监狱看守说,他有方法能够打败敌人,不过,这个方法只能向国王当面讲。国王果然召见了马乔,马乔就向国王讲了他的方法:

"尊敬的国王,据我所知,我们和敌人打仗主要依靠弓箭,而敌我双方把箭射完了之后,就收集对方射过来的箭。继续使用。我的办法就是让敌人拾到我们射过去的箭而无法使用。"

"这个想法很好,"国王说,"但怎么才能让敌人不能用我们的箭呢?"

"我们可以把现在弓上的弦换成细弦,然后制造一批箭尾的凹槽较浅的箭,这种箭只能用细弦弓射。箭射到敌人那里后,敌人的弓弦是粗的,不适合这种箭较浅的凹槽,他们就没有箭用了。而我们的细弦弓,照样可以射凹槽较大的箭,所以敌人必败无疑。"

国王采纳了这个方法,果然大获全胜。马乔因此得到许多钱财,并且得到了豪华住宅。

消息传遍了全城,丝达莎也听到了消息,她不相信马乔还活着,便进城打听马乔住处。

二人相见悲喜交加,从分手到重逢已经五年了,二人终成眷属。

惊险的一夜

彼得卢和阿尼拉私奔,遇到强盗,彼得卢被捉后脱险,来到一座城堡,阿尼拉也在这里,二人重逢。

下面轮到伊丽莎讲故事了,她说:

彼得卢是罗马贵族子弟,却爱上了平民姑娘阿尼拉。彼得卢的家人都反对这桩婚事,多次劝说他,都没有效果。于是彼得卢的父亲就找到阿尼拉的父亲,对他施加压力,不让他同意这桩婚事。阿尼拉的父亲无奈,只好答应。

彼得卢和阿尼拉决定私奔,离开罗马,先去佛罗伦萨他的一个朋友那里。

第二天一早,他们带着必备的东西,各自骑着马,往佛罗伦萨而去。傍晚时候,远远地看见前面有一个城堡,他们决定先到那里投宿。

正在这时,树林里窜出十几个大汉,为首的大喊一声:

"留下买路钱!"

这一声大叫,把阿尼拉骑的马吓惊了。这马掉头往树林中跑去。这伙人就围住了彼得卢,抢了他带的东西,还把他漂亮的外套脱下来。这时,为首的强盗对手拿彼得卢外套的强盗说:"把这件外套给我!"那强盗素日与为首的强盗有矛盾,就说:"这外套是我抢来的,应该归我!"说罢,二人就打了起

叙述说明

彼得卢和阿尼拉为了反抗各自的父亲,决定私奔。

细节描写

强盗内部不和,起了争斗,给了彼得卢逃跑的机会。

来。剩下的强盗有的和为首的强盗是一伙的,有的和抢外套的强盗是一帮的,他们也跟着打了起来。

彼得卢趁机骑上了马,跑进了树林。

他在树林中寻找阿尼拉,可树林里根本没有她的影子。他虽然逃脱了强盗,可是不见了心爱的人。

这时,天也已经黑了。他真担心阿尼拉碰上野兽,出了什么危险。正想着,忽然听到一阵狼嚎声,他赶紧下马,爬到一棵树上,一群狼围了过来,朝他的马扑过去。马向树林深处跑,那群狼也跟了过去。

就这样,彼得卢在树上坐了一夜。

再说阿尼拉,骑着受惊的马,一路穿过了树林,这时天也黑了。她看到前面有一所小房子,里面亮着灯,就决定投宿在那里。房子里住着一双老年夫妇,他们收留了她。

他们睡到天快亮时,忽然听到一群人在外面喊叫,老太太对阿尼拉说:"这是一群强盗,你快到房子后面,躲到草堆里去。"

强盗进屋来,看看没什么好抢的,就牵着阿尼拉骑的那匹马扬长而去。

天亮了,老夫妇对阿尼拉说,他们那里不安全,附近有一个城堡比较安全。于是,他们就把阿尼拉送到了城堡。

城堡主人一听是彼得卢的未婚妻,非常热情。原来,他和彼得卢是朋友。他得知彼得卢被强盗捉住后,安慰阿尼拉说:

"你先住下,我派人慢慢打听。有消息后,再送你回罗马。"

过了不久,城堡外有人喊门,城堡主人往下一看,原来是彼得卢。大家见面后,悲喜交加,一对情人紧紧拥抱在一起。

原来,彼得卢在树上等到天亮才敢下来。他的马也丢了,步行走出了树林,幸好碰到一个放牧的人,告诉他说附近有座城堡,他就来了。

经过一夜惊险,二人重逢了。

一家团聚

杰诺尔和明加诺为争夺一个姑娘而械斗,后来发现这姑娘竟是杰诺尔的妹妹。最后,明加诺娶了姑娘。

女王命令尼菲丽给大家讲一个故事,尼菲丽讲道:

热那亚城有一个杰克鲁先生,他有一个养女,是他的一个名叫古多托的朋友临终前托付给他的。

姑娘相貌出众,有两个青年——杰诺尔和明加诺同时爱上了她,两人经常为此发生争执。

杰克鲁先生家有两个仆人,一男一女。杰诺尔为了通过男仆找到接近姑娘的机会,就和这个男仆交上了朋友。与此同时,明加诺也买通了女仆,女仆答应,等主人不在家时,就通知他来家里和小姐见面。

一天晚上,杰克鲁先生到朋友家吃晚饭。男仆立刻把消息告诉了杰诺尔,二人约定,杰诺尔事先藏在外面,一看到男仆发信号,就可以到杰克鲁先生家来。他们不知道,明加诺和女仆也做了这样的安排。

晚上,男仆和女仆都想支开对方,可对方就是不愿离开。男仆等不及了,他打开门,吹了一声口哨,藏在外面的杰诺尔听到后,走进了杰克鲁先生家。这时,明加诺也看到了仆人开门,也闯了进去。二人见是自己的情敌,争吵起来,他们越吵越激烈,以至拔出佩剑,打了起来。

正巧,城里的卫队晚上巡逻,看到他们在打斗,不由分说,

叙述说明
杰诺尔和明加诺各自想办法与古多托见面。

叙述说明
男仆和女仆都想要支开对方,但却没有成果,结果男仆先沉不住气了。

把他们抓了起来。

第二天,二人的家长来找杰克鲁先生,请他原谅年轻人的莽撞。杰克鲁先生说:

语言描写
杰克鲁先生十分大度,他很负责,不愿将好友的女儿随便嫁了。

"我知道年轻人对爱情的追求,我不是不想让女儿出嫁,只是想给她找一个合适的丈夫,因为她不是我亲生的女儿,是一个朋友临终时托付给我的,所以,我要对得起他。"

接着,他又讲了女儿的身世。

原来,他的朋友古多托当年作为一名士兵跟随军队攻入凡扎城,古多托在城中一户人家中看到一个小女孩独自在哭,就把她带在身边,临终时,又把她托付给了杰克鲁先生。

杰诺尔的父亲惊奇地说:

"我以前就住在凡扎城,曾经在那里丢失了一个两岁的女儿!"

叙述说明
说明姑娘极有可能是杰诺尔的妹妹。

杰克鲁先生把女儿叫出来,杰诺尔的父亲发现她长得很像自己已去世的妻子,人们一算姑娘的年龄,也正相符。大家都觉得很奇怪。

杰诺尔的父亲又说:"我女儿左耳后面有一颗痣。"

姑娘说:"我也有。"

原来,姑娘正是杰诺尔当年丢失的妹妹。

当年,由于战乱,杰诺尔的父母把女儿忘在屋里,后来,房子着火,父母以为女儿烧死了。现在,亲人相认,抱头痛哭。

后来,姑娘嫁给了明加诺,杰诺尔和明加诺也和好如初。

父子相认

杰安特心爱的姑娘被抢去献给王子,杰安特追至王宫花园,二人幽会被捉,刑场上他的生父认出了他。

潘比妮亚给大家讲了一个故事:

那不勒斯有个美丽的姑娘和一个叫杰安特的青年相爱。杰安特小时候从生父生母处走失,被一个好心的老太太抚养成人。老太太去世后,杰安特就在船上帮人干活儿,生活很苦。但姑娘并不嫌他贫穷,二人谁也离不开谁。

叙述说明

叙述了杰安特的身份,为后文做铺垫。

一次,姑娘独自到海边散步,不知不觉走到一片僻静的礁石处。这时,有几个西西里岛的青年从这里经过,见她长得很美,就把她抢到船上,准备献给西西里国王子,这样就可以得到大笔赏钱。

王子见姑娘生得漂亮,就赏了那些人一笔钱,把姑娘安排在王宫花园里居住,因为这几天他身体不太好,准备等他身体好了,再把她接进宫里。

杰安特不见了姑娘非常着急,他到处打听,只打听到姑娘被几个人拉上了往西西里的船上。于是,他就雇了条船,来到西西里。在那里,他又打听到心爱的姑娘被献给了王子,现在安排在花园里。于是他就每天在花园外转悠,无奈,花园有人看守,很难进去。

行为描写

表现出杰安特对姑娘深深的爱,他为了找到姑娘做了很多事情。

一次,坐在楼上的姑娘看到了外面的杰安特,杰安特也看到了她。

当晚,杰安特就冒着生命危险爬进了花园,和心爱的姑娘紧紧拥抱在一起。

这时,正巧王子进来了,他今天感觉身体好了,想起了住在花园的美丽姑娘。王子看到二人在拥抱不禁大怒,命人把他们抓起来,明天斩首示众。

第二天,二人被绑在刑场柱子上,等待砍头,许多人前来围观。

西西里国的海军大将听说消息,也来观看,他一看杰安特,觉得很面熟,好像在哪里见过,就上前问他犯了什么罪。

杰安特把事情缘由讲了一遍,将军又问杰安特的年龄,杰安特也如实回答。将军又让仆人把杰安特胸前的衣服撕开,胸前露出一块红色胎记,杰安特觉得很奇怪。

将军流着眼泪说:"你是我 15 年前走失的儿子。"

杰安特说:"我的确是被一个好心的老太太收养的孤儿,你怎么知道我是你儿子呢?"

将军指着胎记说:"这就是标志。"

于是,将军找到王子,说了真相,请王子放了他们。那王子本来觉得这事做得理亏,就答应了将军。

将军把他们二人带回家,为他们举行了婚礼。

杰安特没想到自己不但得救了,而且找到了亲生父亲。

情动夫人心

菲力克为追求一位夫人花光了家产,夫人来访,他用仅剩的一只猎鹰招待她,她明白真相后嫁给了他。

女王为大家讲了一个故事:

佛罗伦萨有一个青年贵族叫菲力克,疯狂地爱上了城里有名的美人乔曼娜夫人。他为了引起夫人的注意,经常举行剑术竞赛、猎鹰竞赛之类的活动,因为这是他的强项,还常常大宴宾客。但夫人为人稳重,对这种行为并不理睬。

菲力克为此花了很多钱,几乎用尽了家产,现在他只剩下一座小庄园和一只训练有素的猎鹰。无奈,他只好离开城市,住到庄园里,过贫苦的日子。

乔曼娜夫人的丈夫得了重病,立下遗嘱:财产归儿子所有,如果儿子没有了,财产由乔曼娜夫人支配。不久,丈夫就去世了。

夫人成了寡妇,带着儿子生活。

一年夏天,夫人带儿子到乡下庄园避暑,他们的庄园和菲力克的庄园邻近。儿子很快就和菲力克熟了,并且非常喜欢菲力克的猎鹰,很想要来。但他知道那只猎鹰是菲力克的宝贝,他非常想要,又不好意思说,憋在心里,就憋出了病。

母亲问儿子到底怎么了,儿子就向母亲吐露了真情。夫人一听,觉得这事很难办,她知道菲力克以前一直在追求她,因此花尽了家财,而她根本就没有答应过他。他现在就剩下一只猎鹰了,叫她何如开得了口呢?最后,夫人为救儿子的病,决定亲自去向菲力克要猎鹰。

第二天,她来到菲力克的庄园。菲力克一看夫人来访,很热情地和她谈话。

过了一会儿,他让一个女雇工陪夫人说话,自己去准备一下午饭。他现在一贫如洗,拿不出像样的饭来招待夫人,他看到了猎鹰,一摸觉得它还挺肥,正好做午饭。他一狠心,杀死了猎鹰,把它交给女仆做了一道菜。

二人吃完饭,夫人向菲力克说明来意:

"我今天很冒昧地来您家,您一定很吃惊。因为以前您追求我的时候,我从来没有理睬过您。但是今天,我的儿子病了,他是想要您的猎鹰而又不敢说才憋出病来的。我为了儿子才来您家,如果您能把猎鹰给我的儿子,我一定会感激您的。"

叙述说明

夫人的儿子想要猎鹰,为此竟然生病了,为后文做铺垫。

叙述说明

菲力克为了招待夫人,杀了自己心爱的猎鹰,为后文埋下伏笔。

菲力克听说这话竟然痛哭失声,他说:

"夫人,看来我将永远得不到您的爱了,当初我富有时,请您许多次,您都不肯来我家吃饭。如今,我已拿不出像样的菜招待您了,因此我只好把猎鹰杀了做菜。看来这是上帝的安排。"

语言描写

表现出菲力克的真诚,他想给夫人最好的待遇,但是却让夫人的愿望不能达成。

说罢,他拿出了鹰的羽毛让夫人看,夫人责备他不该杀自己心爱的东西,但心里却赞许他的真诚。

夫人的儿子没有得到猎鹰,一病不起,竟致身亡。

夫人的兄弟们劝她再嫁,也有许多人求婚,但夫人选择了菲力克,二人白头到老。

阳台上订婚

力奇诺发现理查和自己的女儿睡在一起,不由大怒。理查和女儿结了婚,他才转怒为喜。

语言描写

菲陀拉多的话说明接下来的故事是一个快乐的故事。

菲陀拉多说:昨天我做国王,害得大家流了许多眼泪,现在我讲个快乐的故事将功补过。

罗马有个绅士名叫力奇诺,他的女儿聪明美丽,已经长成了大姑娘。有个青年人理查经常到力奇诺家找他女儿聊天,两人产生了爱情。力奇诺却认为年轻姑娘不应该和小伙子多接触,对女儿看管得很严,不许她和理查接触,二人十分着急。

有一次,二人偷偷见了一面,姑娘说:

"我父亲看管我越来越严,以后我们怎么见面呢?见过这一面,下次不知道是什么时候。"

"是啊,"理查说,"不过,如果你能搬到阳台上去睡,我可以从花园里爬上去,这样,每晚我们就能见面了。"

二人主意已定,姑娘就对父亲说:

"父亲,现在已经是五月了,晚上越来越热,昨天我一夜没睡着。我想搬到阳台上去睡,这样凉快些。"

力奇诺刚开始不同意,后来经不住女儿多次要求,就同意了,但要她必须在床上撑上帐幔。

就这样,姑娘就把床搬到了阳台上。当晚理查就从花园悄悄爬上了阳台。此后,二人经常晚上相会。

有一天晚上,力奇诺睡不着觉,好像听到外面阳台上有人说话。他起床走到阳台,原来声音是从女儿床上的帐幔里发出的,仔细一听,竟然是女儿和理查在说话。

他没有惊动他们,悄悄回到屋里,对太太说了他看到的情景。太太说:"理查出身贵族,人还不错。但他必须要娶我们的女儿才行,不然的话,他就是忘恩负义的人。"力奇诺也认为让他和女儿结婚才是最好的方法。

于是夫妇二人来到阳台,对着床上说:"快起来!"

理查和姑娘吓了一跳,赶快从床上下来,理查说:

"力奇诺先生,请不要生气,我和您女儿是真心相爱的,只是您不允许我们见面,不得已,我们才这样做的。我现在正式请求您,把您女儿嫁给我。"

力奇诺一听正中下怀,他让理查当面起誓,才答应了请求。

不久,两个年轻人喜结良缘。

偷情的人

一个同性恋者的妻子与别人偷情,丈夫发现后与妻

语言描写
女儿对父亲说自己要去阳台上睡觉。

语言描写
太太并没有反对理查和姑娘交往,只是认为他们应该结婚。

子离了婚。

热那亚有一个男的是同性恋者，他为了防止别人说他的闲话，也娶了一个太太，但他对她并不感兴趣。

太太刚开始并不知道，后来发现了，感到很苦恼。她想到修道院做修女，了此一生，但又不甘心自己的青春白白地度过。于是，她决定找一个真正爱她的人。

语言描写
老太太支持太太去寻找自己的幸福，并且愿意帮助她。

她把自己的心里话对邻居一个老太太讲了，老太太支持她，对她说："你这样做完全可以理解，因为你丈夫对不起你，所以才让你受苦，我可以帮助你。"

老太太就给她介绍了一个青年，二人一见钟情。

一天，丈夫到一个叫艾拉诺的朋友家吃晚饭，太太就把她的情人找来，两人在家里，边吃边聊，都很开心。

忽然丈夫回来了，在外面喊门。两个人都吓坏了，太太赶快让情人藏在走廊上的鸡笼里，又用一条麻袋盖住鸡笼，这才去打开门。太太问丈夫：

"你怎么这么快就吃完了？"

"别提了，"丈夫说，"根本就没吃上饭，我到艾拉诺家，和他们夫妻俩刚坐下准备吃，就听见卧室里有人不住地打喷嚏。

语言描写
丈夫在艾拉诺家刚刚见到了一次偷情被抓的男女。

过不一会儿，又听见'咚'的一声，好像有什么东西倒在地上一样。我们到卧室一看，发现有个人倒在地上，艾拉诺他们两口子吵了起来，我才明白为什么，原来是艾拉诺太太的情人来和她约会，不料我去吃饭，他就藏在床后边，艾拉诺烧硫黄熏虫子，那个情人被熏晕过去了。我见他们两口子吵架，就回来了。"

丈夫刚说完这番话，就听见走廊里有男人的叫声。原来，那情人躲在鸡笼子里不舒服，把手伸到笼子外面来了，正巧，他们家的一头驴因为口渴，挣脱了缰绳，来到走廊找水喝，正好踩住情人的手，情人痛得大叫起来。

丈夫见此情景，怒火冲天，大骂太太不贞洁。太太也顾不了许多，和丈夫吵了起来，她指责丈夫既然是同性恋，就不该娶她，让她守活寡，这才是最不道德的事情。

丈夫一听心中有愧，觉得不该娶她，让她受苦，于是他们离了婚，个人过个人的生活。

第奥诺的故事讲完了，女王又命没有讲故事的人也讲了故事。

大家听完故事，女王从头上取下桂冠，戴在伊丽莎头上，说："明天，你就是女王了。"

伊丽莎很高兴地接受了王冠，她说：

"今天讲的故事让我们都很开心，明天我们讲机智聪明的故事，面临别人的刁难如何随机应变，大家同意吗？"

大家齐声赞同。

这时，天已晚了，大家到餐厅吃晚饭。饭后，第奥诺为大家唱了几首动听的歌儿。

大家过完了愉快的一天，等待着第六天的到来。

叙述说明

丈夫最后认为自己不该耽误太太的青春，于是二人离婚了。

语言描写

伊丽莎成了下一任女王。

拓展阅读

名师点拨

第五天又讲述了十个完美的爱情故事，大家都十分开心，也很期待第六天的到来。

回味思考

1. 菲力克为什么搬去庄园居住?
2. 同性恋者为什么娶妻?
3. 彼得卢和阿尼拉是如何走到城堡的?

好词收藏

事与愿违　大获全胜　悲喜交加　扬长而去　训练有素

好句积累

🕐 事与愿违,小船并没有被风浪打翻,而是被风吹到了非洲北海岸,而丝达莎一直昏睡在船舱里。

🕐 她看到前面有一所小房子,里面亮着灯,就决定投宿在那里。房子里住着一双老年夫妇,他们收留了她。

🕐 强盗进屋来,看看没什么好抢的,就牵着阿尼拉骑的那匹马扬长而去。

🕐 当晚,杰安特就冒着生命危险爬进了花园,和心爱的姑娘紧紧拥抱在一起。

🕐 夫人的兄弟们劝她再嫁,也有许多人求婚,但夫人选择了菲力克,二人白头到老。

🕐 丈夫一听心中有愧,觉得不该娶她,让她受苦,于是他们离了婚,个人过个人的生活。

第六天

新的一天来到了,女王让大家早早地起床,然后在田野里散步。午睡后,大家聚集在花园,女王说:"我们就按昨天说好的,讲面对别人的刁难随机应变的故事。菲罗美娜你先讲吧。"菲罗美娜早就准备好了。

弦外之音

一位先生骑马带一位夫人回家,边走边给夫人讲故事,夫人不胜其烦,要求自己下来走。

菲罗美娜讲了一个故事:

热那亚城有一位美丽的奥美达夫人,她热情好客,交游很广,许多自以为绅士或骑士的人都争相向她讨好。

有一次,奥美达夫人和一群朋友到野外郊游,回来的路上,一位自命不凡的绅士对夫人说:

"尊敬的夫人,我们要走很远的路,不如请您骑到我的马上,我带您一程。"

夫人就上了他的马。

他又说:"为了消除您路上的烦闷,我给您讲一个精彩的故事吧!"

语言描写
一位自命不凡的绅士对夫人发出邀请。

可是，他讲故事的水平实在太差，一句话重复几遍，讲到半截，发现讲错了，又要重新讲，听得夫人稀里糊涂。

语言描写
夫人拒绝了绅士的好意。

夫人实在忍不住了，说："先生，你这匹马跑得不稳当，我还是下来自己走更舒服些。"

那绅士尽管讲故事本领不高，还是听出了弦外之音，于是，不再讲故事了。

会　友

面包师用几句话回绝了杰斯比先生的请求。

潘比妮亚给大家讲了一个故事：

教皇派几个使臣到佛罗伦萨去办理几件事务，几个使臣在佛罗伦萨期间，就由杰斯比先生陪同，每天到当地教堂去办理事务。

他们每天都要经过吉斯力开的面包作坊。吉斯力不但面包做得好，而且酒酿得也好。他看到杰斯比先生和几个使臣每天从门口经过，就想用自己酿的酒招待他们。但他一想，如果主动邀请他们这样地位高的人，别人看见了，会认为我巴结他们，不如让他们自己开口要酒更好。

心理描写
说明吉斯力只是想交友，并不是要巴结几位使臣。

于是，他就每天坐在门口，自斟自饮。杰斯比先生一行人每天路过时，都看在眼里。终于，有一天，天气很热，杰斯比先生一行人路过时，忍不住口渴，就对吉斯力说："吉斯力，酒好喝吗？"

"当然好啊，"吉斯力说，"不喝是不知道酒是什么味的。"

杰斯比先生对几个使臣说：

"我们不妨尝尝吧。"

于是，吉斯力就请他们喝了酒。

一来二去,他们成了熟人。

几个使臣办完了事务,要回罗马了,杰斯比举行盛大宴会为他们送行,并邀请各界名流参加,也请了吉斯力,但吉斯力没有参加。

杰斯比派一个仆人去向吉斯力要一小瓶酒让客人品尝,这个仆人却拿了一个大坛子,吉斯力一看就说:"你家先生找的不是我,找的是爱琴海。"

仆人回去禀告了杰斯比先生,先生一看仆人拿的大坛子,就明白了吉斯力的意思,批评了仆人,让他拿瓶子再去。

吉斯力见仆人拿瓶来了,就让仆人带回去一坛酒。此后,吉斯力和杰斯比成了朋友。

叙述说明

吉斯力的目的达到了,他和使臣们很熟悉了。

叙述说明

叙述了故事的结局,吉斯力和杰斯比成为了朋友。

一只脚的鹤

厨师把一条鹤腿给情人吃了,主人责问,他巧言应答。

女王命令尼菲丽给大家讲故事,尼菲丽对大家说:

威尼斯有个贵族名叫克托,他喜欢打猎。一次,他猎获了一只很肥的灰色仙鹤回家,准备用它做成菜,请朋友们来尝尝鲜。他把鹤交给厨师,让他好好做。

厨师手艺很高,很快就把鹤做成了一道美味佳肴。菜刚做好,他的情人来找他。那姑娘一看见这么好的一道菜,撕下一条鹤腿就吃,厨师赶紧去拦,但已经来不及了。

客人到齐了,厨师硬着头皮把一条腿的鹤端了上去。

克托一看,就问厨师,鹤怎么少了一条腿。

厨师说:"灰色的仙鹤本来就只有一条腿。"

克托生气地说:"我整天打猎,难道不知道鹤有几条腿吗?"

语言描写

厨师表现得很冷静,直言鹤本来就只有一条腿,体现他的机智。

语言描写

厨师在克托面前狡辩，那他这话怎么圆回去呢？

厨师回答说："我是说，活着的鹤本来就只有一条腿，做成菜，也就只有一条腿。"

当着客人的面，克托没有和厨师计较。第二天一早，他就叫厨师和他一起去河边，看看鹤到底有几条腿。

二人来到河边，河边正好有一群鹤。鹤站着休息时，一条腿缩上去，用一条腿站立，厨师指着鹤说："看，鹤不是只有一条腿吗？"

克托对厨师说："你等着，你再看看鹤有几条腿。"

说罢，他对着鹤大声喊："噢！噢！"

语言描写

厨师的话分明就是狡辩，但却让人无法反驳。

鹤受了惊吓，纷纷起飞，缩着的一条腿伸了出来。

厨师说："昨天您吃饭的时候，并没有冲着它'噢噢'喊呀，所以，它只有一条腿。"

风趣的论据

斯克尔向朋友们论证了巴龙家族是世界上最高贵的家族。

下面轮到菲美达讲故事了，她说：

有一个叫斯克尔的青年，风趣幽默，思维敏捷，脑子里有很多奇怪的想法，朋友们都喜欢跟他相处。

有一次朋友聚会，大家谈起世界上最古老、最高贵的家族，有人说是丝诺家族，有人说是达德家族，斯克尔在旁边说："世界上最古老的家族是巴龙家族，这是许多伟大的科学家、哲学家都一致认同的观点，巴龙家族是我的同乡，所以我比你们都清楚。"

朋友们一听哈哈大笑，都说他又在胡说。因为他们也认识巴龙家族的人，这个家族的人除了丑陋的相貌之外，没有什么特别之处。

斯克尔急了，说："我说的是真的，如果你们不信，我们可以打赌，我们找一个公证人来裁判输赢，谁输谁请客。"

大家都愿意和他打赌，又推举年龄较大的彼得菲做公证人。

"你说巴龙家族是世界上最古老高贵的家族，有什么证据吗？"彼得菲问斯克尔。

"当然有，"斯克尔说，"我的证据能让你们心服口服。大家知道世界上最古老的家族，就是最高贵的家族，所以，我只要证明巴龙家族是世界上最古老的家族就行了。"

"那么，你怎么知道巴龙家族是世界上最古老的家族呢？"彼得菲问。

叙述说明
大家都熟知的一个普通家族，为何斯克尔说是世界上最古老的家族呢？引起读者的阅读兴趣。

语言描写
斯克尔偷换概念，最古老的家族不一定就是最高贵的家族。

语言描写

斯克尔陈述了他认为巴龙家族是世界上最古老的家族的原因,侧面表现出巴龙家族的人的丑陋。

"因为上帝在创造巴龙家族的人时还没有学好雕塑,而创造别人时已经把雕塑学得很好了,所以巴龙家的人长得就像小孩胡乱捏的泥娃,不是鼻子歪,就是眼睛斜;有的一只眼睛大一只眼睛小;有的头像个冬瓜,有的头像土豆。而别人则五官端正,可见,巴龙家最古老。"

大家听后哈哈大笑,都认为他说得有理。

互相取笑

法学教授弗来特和画家乔多途中遇到大雨,非常狼狈,二人互相取笑。

女王让旁费罗讲故事,旁费罗说:

刚才的故事讲到丑陋的巴龙家族,但是,我有一个看法,丑陋的相貌不代表丑陋的内心。许多相貌丑陋的人却很有学问,我要讲的就是有关两个外表丑陋却很有学问的法学教授和画家的故事。

语言描写

旁费罗认为丑陋的相貌并不代表丑陋的内心,他要讲述两个这种主题的故事。

弗来特教授精通法学,人称"活的法律图书馆",他有一个朋友乔多,是著名的画家。有一次,二人到郊外旅行,回来的路上遇到了大雨。他们因为要在天黑前赶回家,所以只好冒雨赶路,没过多久,他们就浑身湿透,身上沾满泥巴。

为了解除雨中行路的烦闷,他们便说笑起来。弗来特教授看着乔多浑身是泥的滑稽相,对他说:"如果这时候走来一个熟人,他能认出你是大名鼎鼎的画家乔多先生吗?"

语言描写

弗来特教授和乔多互相取笑对方的狼狈样子。

乔多说:"如果他看见你,以为你还认识几个字的话,我想他肯定认不出我了。"

二人互相看着对方的狼狈相,哈哈大笑。

自恋的西丝

西丝自以为很美,常常瞧不起别人,她叔叔则劝她自己别照镜子。

艾米拉也讲了个故事,她说:

我同意旁费罗的观点,外表并不代表内心,外表丑陋的人不一定内心丑陋,同样,外表美丽的人不一定内心美丽。

有个姑娘叫西丝,自以为长得美,她觉得有沉鱼落雁之容,闭月羞花之貌。

其实,她只是比巴龙家的人长得稍微好看一点儿而已。

她常常瞧不起别人,以为别人都是丑八怪,根本不配和她交往,所以她很少有朋友。

有一天,她出去散步,看到街上的男男女女全都不如她美,她捂着鼻子回了家,因为害怕丑陋的人身上有怪味熏着她。

她回到家里,连声叹气,愁眉苦脸。她叔叔问她为什么回来这么早,是不是有什么不高兴的事。

她说:"今天我出去散步,看到全城的人都丑陋不堪,令人讨厌,为了少看到他们这些丑八怪,我以后还是少上街为好。唉!我真倒霉,怎么生在这个丑陋的世界里?"

叔叔实在看不下去她这种狂妄自大、矫揉造作的样子,就对西丝说:"如果你要想生活得快乐,就千万别自己照镜子。"

叙述说明
西丝十分美丽,自认为自己的美貌堪称沉鱼落雁,闭月羞花。

语言描写
表现出西丝的狂妄自大,矫揉造作。

天使的物品

杨聪教士向人们展示天使的羽毛,打开盒子一看,羽毛被人换成了木炭,他只好胡扯一气,骗过了人们。

第奥诺不等女王下令,就主动给大家讲了个故事:

从前,有个修道士叫杨聪,他自称是个圣安尼派的苦行僧,专门用艰苦的生活磨炼自己,所以修成了圣洁的品行。由于他善于吹牛,别人居然相信了他。

叙述说明
说明杨聪不是一个老实的人,他欺骗大众,但人们却都将他的话当成真的,说明他吹牛的本事大。

他经常到多塞镇去讲道,因为那里盛产洋葱,人们生活富裕,他在那里有油水可捞。或许是他的名字取得好——杨聪,多塞镇许多种洋葱的人很相信杨聪的话。

杨聪每次外出都带着他的仆人本卢,外号"笨猪"。"笨猪"长得奇丑无比,还自以为英俊潇洒;又蠢又笨,还自以为绝顶聪明,他凭着这些"优点"到处向女人献殷勤,他觉得女人们一见他就会爱上他。

叙述说明
杨聪在多塞镇大捞一把。

有一次,杨聪又带着"笨猪"去了多塞镇,他见到当地的洋葱又是大丰收,就准备大捞一把。于是,他趁人们在礼拜天上午来教堂做礼拜的机会,对大家说:

"信徒们,你们今年的洋葱为什么能取得丰收呢?是圣安东尼保佑你们的结果。你们丰收了不能忘记圣安东尼,应该向我们的教会布施,这样,圣安东尼明年还会保佑你们的。另外,今天下午,你们来布施的时候,我还会向你们展示一件圣物。这是一根天使的羽毛,当年,这位天使向圣母玛利亚报告耶稣诞生的消息时,把这根羽毛落在了圣母枕头边。"

语言描写
杨聪利用人们信教的心理来取悦人们,让人们对自己深信不疑。

人们听说他带来了天使的羽毛,都对他敬仰得不得了。但有两个青年却不太相信杨聪的话,因为他们在外地听说杨聪是个吹牛大王,而且常常骗人向他布施。

为了弄清天使羽毛的真相,两个青年来到杨聪住的旅馆,正巧杨聪不在他住的房间,那"笨猪"仆人也钻到厨房里找旅馆的胖厨娘去了。

二人打开杨聪的包袱,看到里面有一只盒子,打开一看,里面有一支鹤的羽毛。二人看后大笑,原来杨聪竟然用鹤的羽毛骗大家,说是天使的羽毛。

他们决定揭穿杨聪的鬼把戏,就把羽毛从盒子里拿了出来,顺手从桌上拿起一块木炭放进了盒子,又把盒子装进包袱放好,溜出了旅馆。

下午,人们都来瞻仰天使羽毛。杨聪先向大家吹嘘了他如何圣洁,然后从"笨猪"手中取过盒子,又唱了一会儿赞美诗,才打开盒子。他定睛一看竟是木炭,他心里真埋怨"笨猪"不小心看管好盒子。虽然心里吃惊,但他脸上一点儿也没有表现出来,因为他练就了说谎的本领,所以面不改色,心不跳。

他盖上盒子,对大家说:"诸位,我年轻的时候,为了苦修品德,到过许多圣徒到过的地方……"

就这样,他为分散大家对羽毛的注意力,一个地方一个地方胡扯,讲他看到过的东西,讲了大半天后,他接着说:"我在罗马时,教皇送给我一块耶稣用过的木炭和一支天使的羽毛。我一直把它们装在两个精美的盒子里。今天来的时候,拿错了盒子,本来想给你们看天使羽毛,却拿来了耶稣用过的木炭。这木炭有一个很大的功能,如果用它在身上画一个十字,就会得到耶稣的保佑。"

人们相信了他的瞎话,争相让他往自己身上画十字。

第奥诺的故事讲完了,大家都禁不住大笑起来。

其他故事都讲完后,女王摘下王冠戴在第奥诺头上,请他

叙述说明

二人发现杨聪的计谋,想要揭穿他的把戏,让他出丑。

语言描写

杨聪十分机智,不仅没有让两个青年达到目的,反而让人们更相信他。

语言描写

第奥诺早就想好了故事的主题。

接任明天的国王。他高兴地接受了，对大家说："我早就渴望这一天了，明天故事的主题我也想好了，就是妻子偷情，欺骗丈夫。"

第奥诺看天色还早，就让大家自由活动。

三个青年在玩纸牌，伊丽莎悄悄把女郎们叫到一旁，对她们说："离这里不远有个地方叫天使谷，景色美极了，你们肯定没去过吧。今天天还早，我们一起去吧。"

七个姑娘悄悄离开别墅，由伊丽莎带路，大家来到天使谷。

环境描写

说明天使谷风景秀丽，景致极美。

这里果然景色优美，一条小河横穿山谷而过，中间由于地势低凹，河水聚成一个小湖。四周山坡上长满了各种果树，山顶上则长满了高大的松树和栎树，大树下掩映着几栋漂亮的别墅。

姑娘们来到湖边，见里面的水清澈见底，还有鱼在游动。她们脱下衣服，下到湖里游了起来。

她们在天使谷玩儿了很长时间才回到别墅。一进门，看到第奥诺他们还在玩儿纸牌，潘比妮亚就对第奥诺说：

语言描写

潘比妮亚说这话是什么意思呢？引出后文。

"国王陛下，你们受骗了。"

"噢？"第奥诺说，"明天的故事还没有讲，怎么我们先被骗了？"

女郎们就把去天使谷的事告诉了他们。

三个青年听后也想去那里看看，便匆匆吃了晚饭，直奔天使谷。

他们直到天黑才回来，第奥诺说：

"明天，我们把食物拿到天使谷去，那里太美了！"

拓展阅读

名师点拨

第六天,机智聪明的故事讲完了,大家自由活动,七个姑娘发现了一个美丽的地方——天使谷,大家一看便喜欢上了那里,几个男士也被那里迷人的风景打动了。

回味思考

1.奥美达夫人的弦外之音是什么?
2.巴龙家族为什么是世界上最古老的家族?
3.天使的木炭是怎么来的?

好词收藏

稀里糊涂　弦外之音　心服口服　大名鼎鼎

好句积累

🕐 热那亚城有一位美丽的奥美达夫人,她热情好客,交游很广,许多自以为绅士或骑士的人都争相向她讨好。

🕐 有一个叫斯克尔的青年,风趣幽默,思维敏捷,脑子里有很多奇怪的想法,朋友们都喜欢跟他相处。

🕐 她常常瞧不起别人,以为别人都是丑八怪,根本不配和她交往,所以她很少有朋友。

第七天

名师伴你读

天刚亮,大家就起床了,国王吩咐大家赶快收拾好东西,前往天使谷。没过多久他们就到了,这里的景色比昨天还美,看着这美丽的景色,青年们唱起了欢乐的歌儿。仆人们在湖边草地上摆好了午餐,国王带领大家就座,边吃边聊,高兴极了。午饭后,大家就在草地上午休。他们躺在草地上,听着鸟鸣啁啾,流水叮咚,都觉得心旷神怡。午休过后,国王召集大家开始讲故事。

驱 鬼

妻子的情人来约会,在外面叩门,可是丈夫在家,妻子就说有鬼,她念咒把鬼赶走了。

伊丽莎首先讲了一个关于妻子骗过丈夫的故事:

佛罗伦萨有个美丽的姑娘名叫达莎,活泼可爱,机灵乖巧。

她父亲把她嫁给了一个羊毛商,这个商人除了他的生意之外,别的方面都稀里糊涂、傻里傻气,而且一有空就往教堂跑,念祈祷文,唱赞美诗,一心想让上帝送他上天堂。

人物介绍
介绍了商人的为人和性格特点,为后文埋下伏笔。

达莎很讨厌丈夫这副样子,就找了个情人,经常在郊外的别墅幽会。因为她丈夫在城里忙生意、忙祈祷,三天两头不到这里来,她就和情人约好,如果丈夫不在家,她就在门口台阶旁放一盆花儿;如果丈夫在家,门口就没有花儿;情人敲门时连敲四下为暗号。

有一段时间,丈夫一连几天都不回来,她就把花儿放在外面,一直没收回屋里。这天晚上,丈夫不知为什么回来了,而达莎把门外那盆花儿的事给忘了,花儿还放在外面。

半夜,情人来到别墅,见外面有花儿,以为达莎的丈夫不在家,就连敲了四下门。

达莎这时刚巧醒了,听到敲门声,忽然记起来她忘了把花儿收回来。她刚想起床去让情人离开,丈夫也被惊醒了,达莎只好装睡。

这时,情人还在外面敲门。丈夫推推达莎说:"亲爱的,好像有人敲门。"达莎装作被吵醒的样子,听了听,对丈夫说:

"亲爱的,真吓人,一定是鬼在叩门,这几天你没回来,已经连着几夜有鬼叩门了。"

说罢,还装作害怕的样子,用被子蒙住头,丈夫一听也吓坏了,说:"这肯定是我平时祈祷不够,上帝派小鬼来告诫我的,这可怎么办呢?"

达莎说:"没关系,我昨天梦到圣母玛利亚,她教了我几句咒语,可以把小鬼赶走。我们一起到门边,我念咒,然后你就大声喊:'快走!'圣母说这个方法很灵。"

于是二人来到门边,达莎口里念道:

"小鬼小鬼,青面獠牙,

赶快离开,我不害怕。"

丈夫听罢,大喊:"快走!"

达莎又念道:

"小鬼小鬼,摇头摆尾,

赶快离去,你要倒霉。"

丈夫又喊："快走！"

情人在门外听得清清楚楚，心里暗暗发笑，便离开了她家。

灵机一动

普娜正和情人幽会，丈夫回来了，情人急忙藏入酒桶中，丈夫说把桶卖了。妻子就说她已经把桶卖给了在桶中检查酒桶质量的人。

叙述说明
泥水匠和妻子平淡的生活是故事发生的缘由。

国王吩咐菲陀拉多讲故事，他说：

那不勒斯有个泥水匠，娶了个美丽的妻子。泥水匠每天都出去找活儿干，到晚上才回来。他妻子名叫普娜，每天在家里纺线织布，夫妻二人生活得很平淡。

有个小贩经常在普娜家门口转悠，见普娜每天都是一个人在织布，就有事没事地找她说话。一来二去，二人成了情人。普娜的丈夫一出门，小贩就溜进她家和她相会。

一天早晨，泥水匠出门干活儿了，小贩又溜进普娜家相会。

二人正在亲亲密密，泥水匠回来了。普娜听见丈夫喊门，就赶快让小贩藏进一个空酒桶里。

普娜打开门，见丈夫领着一个陌生人进来，就说："你今天怎么回来这么早？我一天到晚在家纺线织布，换点零钱贴补家用，手都磨细了，你倒好，大白天不去干活儿，跑回来干什么？"

语言描写
泥水匠对妻子说明自己回家的原因。

泥水匠笑着说："亲爱的，我知道你每天在家很辛苦，我出门后才想起来今天是圣安东尼升天日，找不到活儿干。正好碰到这位先生，他想买酒桶，我们家有一个空酒桶，留着没用，不如卖掉。我们已经谈好了价钱，卖五个金币。"

"是的，"陌生人说，"我是来把它拿走的。"

普娜一听，心想不好，情人还在桶里。她灵机一动，说："真不巧，我把桶已经卖给了别人，他愿意出七个金币，他正在桶里检查桶的质量呢。"

说罢，她又对桶里的小贩说：

"先生，酒桶质量满意吗？"

小贩在桶里听得清清楚楚，他钻出桶来对普娜说："这桶虽然有点旧，质量还行。噢，这位先生是谁？"

"他是我丈夫，他也同意把桶卖掉。"

"好吧，我先交一个金币定金，"小贩把一个金币交给泥水匠，接着说，"明天付钱取货。"

说罢，小贩扬长而去。

妻子的设计

丈夫把半夜归来的妻子关在门外，妻子假装跳井，骗丈夫出来，自己溜进屋，把丈夫关在门外。

下面是罗丽达讲的故事：

有个酒鬼名叫塔发，经常喝得烂醉如泥，三更半夜才回家，回到家就蒙头大睡。不但如此，他还心胸狭窄，疑神疑鬼，老是担心自己的老婆和别人偷情，动不动就把老婆审问一番，所以他老婆非常讨厌他。

由于他经常审问老婆是否对他忠实，时间一长，他老婆产生了逆反心理，偏偏在外面找了个情人。

因为塔发在外面喝酒经常半夜才回家，他老婆和情人约会结束后，回家等半天，塔发才会回来，所以他们的胆子越来越大。

有一次，塔发喝得不太醉，回来得也比平时早，他发现老婆不在家，就起了疑心。他决定明天要偷偷观察一下老婆。为了不让她觉察，他又回到酒馆，等到半夜才回家。第二次回到家，他见老婆已经回来了，便假装比平时还醉的样子，跌跌撞撞地进了屋。他老婆说：

"又醉了，回来这么晚，我一直在家等到大半夜才睡，又被你吵醒了。"

塔发一听，知道她在说谎，便一声不吭，倒头大睡。第二天晚上，塔发很早回到家，老婆又不在，他没有点灯，把门闩插牢，坐在窗口向外张望，等他老婆回来。

快到后半夜时，他老婆约会回来了，推门推不开，就知道丈夫已经回来了，并且可能觉察到她偷情的事。于是，她恳求塔发开门，塔发怒气冲冲地说："你还知道这是你的家吗？你从哪儿来还回哪儿去吧！我不会给你开门的。"

他老婆哀求说："你小声点，邻居会听到的。我哪儿也没去，只是到一个女伴家里聊聊天，不想天晚了。"

塔发根本不信，还在屋里骂老婆。

他老婆想："不想个办法他是不会开门的。"

于是她说："既然你不相信我，我也不想活了，我干脆跳井算了。"

她走到井边，拿起一块石头扔进井里。

塔发在屋里听见"扑通"一声，以为他老婆真的跳井了，外面又看不清楚，他急忙点上灯，拿起绳子往外跑。这时候，他老婆悄悄溜进屋，插上了门闩，在窗口说："你这个醉鬼，三更半夜才回家，你不想过日子，我们就离婚！"

叙述说明
塔发发现妻子的不正常，对她起了疑心。

叙述
老婆意识到自己偷情的事情被丈夫觉察，她会怎么应对呢？

心理描写
说明塔发的老婆很精明。

塔发这才意识到上了老婆的当,他高声叫骂,把邻居全吵醒了,都出来看是怎么回事,他老婆在窗口继续说:"你每天喝得烂醉,半夜回来还打我,我不跟你过了!今晚你别想进门!"

邻居们一听,原来如此,纷纷批评塔发。

幽会"神父"

妻子向伪装成神父的丈夫忏悔说她每晚都和一个神父幽会。丈夫便在外守候,妻子却让情人从屋顶天窗进来相会。

菲美达说,我也来讲一个忌妒心很强的丈夫的故事:

有一个富翁忌妒心很强,娶了妻子后,便给妻子立下许多规则,以免她和别的男人相好。他不准妻子随意和别的男人讲话,不管是认识的还是不认识的;不准出去参加社会活动,更不准随便出去串门儿;不准随便出家门,每天待在楼上房间里;不准从窗口向外张望,等等,真是比看管犯人都严。

妻子每天待在房间里,盯着墙发呆。忽然有一天,她发现一堵墙上有条细小的缝儿,不仔细看绝对看不出来,因为她每天不能做别的事,只好盯着墙发呆,才有机会发现这条缝儿。她用针把缝儿慢慢弄大些,往里一瞧,原来是邻居家的卧室,里面住着一个小伙子。她对着缝儿喊那小伙子,他竟能听到。从此,二人每天通过这条缝儿说话,慢慢爱上了对方。

圣诞节快到了,妻子在家实在闷得难受,就对丈夫说要到教堂做忏悔,丈夫说:

"你每天待在楼上房间里,又没做什么错事,用不着忏悔,还是老实待在家里吧。"

"犯罪的念头还是有的,那也应该向上帝忏悔,你就让我去吧。"妻子哀求道。

无奈,丈夫答应了,但要求妻子必须去以前常去的那家教堂,只能找本堂神父或本堂神父指定的神父,妻子同意了。

第二天,妻子来到教堂,找到本堂神父,说她要忏悔。本堂神父说他现在没空,让她找旁边坐在角落里的那个神父。妻子向那神父走去,她发现这神父很像自己的丈夫,尽管他披着袍子,戴着大帽子,脸被遮住大半。她仔细看了看,断定这个神父就是她丈夫伪装的。

叙述说明
说明妻子心细,很快发现丈夫伪装成了神父,想听她的忏悔。

原来,丈夫出于忌妒心理,想听听妻子忏悔时说些什么话。他就提前来到教堂,买通了本堂神父,让本堂神父指定他来接待妻子。

妻子灵机一动,装作没觉察出来的样子,向神父忏悔说她每晚都和一个神父幽会,她的卧室允许神父随便出入,丈夫听完妻子的忏悔差点气昏过去。

当天晚上,他对妻子说:"今天晚上有个朋友请我吃饭,不回来睡觉了。你自己要把大门、小门统统锁好,窗户关死。"

语言描写
丈夫故意这么说,其实是想躲着捉奸。

丈夫走后,妻子从墙缝里把今天的事告诉了邻居小伙子,还说:"我猜他一定在撒谎,他一定藏在门外等那个神父来。"

"是的,"小伙子说,"我刚才从窗户看到他就藏在你家门口台阶旁的花丛里,我还奇怪他在干吗,原来是这样。"

语言描写
小伙子发现了躲在花丛里的丈夫。

小伙子从自家天窗爬出去,通过情人家的天窗进了她的房间。小伙子在情人那里待了一晚上才恋恋不舍地顺原路走了。那个妒忌心很强的丈夫一直在门外守了一晚上,又冷又饿,也没见一个人影。

丈夫一连守了好几夜,也没有结果,他实在受不了了,对妻子说："你对神父忏悔时，都说了些什么？"

"不能告诉你，向别人说忏悔的内容是违反上帝意愿的。"

"少废话，老实交代和你通奸的那个神父是谁！"丈夫气急败坏地说。

"实话对你说吧，"妻子回答说，"那天我早就看出来是你装神父了。"

"快说那神父是谁！"

"和我相会的神父就是你！你既然冒充神父，我每天不就是和神父在睡觉吗！我的房间不就是允许你这个神父自由出入吗！正是因为你爱忌妒，我才故意这样说的。"

丈夫哑口无言。

语言描写

丈夫无法忍受了，便直接去质问妻子关于神父的事情。

急中生智

李奥太太正在和情人相会，另一个追求者也来求爱，正巧李奥先生也回来了。李奥太太设计同时让两个情人安全离去。

国王吩咐潘比妮亚讲故事，她讲道：

一个美丽的姑娘嫁给了根本不懂爱情的商人李奥先生，因此，对生活很不满意。她又爱上了风流潇洒的青年纳特，二人经常相会。

李奥太太还有一件烦心事，这就是另有一个男人经常骚扰她。这个人叫拉贝奇，自命绅士，但他粗鲁无礼，如果别人不答应他的要求，他什么事都能做出来，因此李奥太太很害怕得罪他，只好委曲求全。

一年夏天，李奥太太到乡下别墅去避暑，李奥先生也陪同

叙述说明

拉贝奇粗鲁无礼，他正在追求李奥太太，这让李奥太太厌烦，但却不能拒绝。

前往。

　　他们在乡下刚住不久,李奥先生就收到朋友的邀请信,请他一同到罗马去几天,李奥先生告别妻子去了罗马。

　　李奥太太等丈夫走后,就让使女请来了纳特和她相会。

　　这天下午,李奥太太正在和纳特亲热,忽然使女上楼来报告说拉贝奇来了。李奥太太害怕拉贝奇做出什么不好的事来,就不想让拉贝奇和纳特见面。她赶快让纳特藏在床下,然后才请拉贝奇上来。

　　拉贝奇一心想得到李奥太太的爱,啰啰唆唆地向李奥太太求爱。

　　二人正在说话,使女又跑上楼来说:

　　"李奥先生提前回来了,已经进了院子了,而且还看到了拉贝奇先生拴在院子里的马。"

细节描写

　　三个男人同时出现在李奥先生家里,面对这复杂混乱的情况,李奥太太如何解决呢?她怎么做才不会引起丈夫的怀疑呢?设置悬念,引出后文。

二人都吓坏了，李奥太太定下神来说："拉贝奇，你立刻下楼去，手里拿着剑，一路喊：'你这浑蛋，下次决饶不了你，无论跑到哪儿，我都把你揪出来！'谁问你你也不要回答，只管说这句话，径直向外走。"

拉贝奇先生拔出佩剑，嘴里说着那句话，刚走下半截楼梯，李奥先生已经进了门，一见拉贝奇这副样子，便问："拉贝奇先生，你要揪出谁来，出了什么事？"

拉贝奇不回答他，说着那句话径直出了门，骑马走了。

李奥先生见太太正站在楼上卧室门口，就走上前去问她是怎么回事。太太把他叫进卧室说："我刚才正在闲坐，一个青年慌慌张张地跑进门来，说请我救他，因为拉贝奇在后面拿着剑要杀他，我就把他藏在床底下。我想，如果拉贝奇在咱们家杀死了他，咱们会受牵连的，所以拉贝奇冲进来要进屋搜查时，我就拒绝了他。他搜查不成，便气呼呼地走了。"

> **语言描写**
> 从这里可以明白太太让贝拉奇边走边骂的原因了。

李奥太太说罢，对床底下说："年轻人，出来吧，拉贝奇走了。"

纳特在床下听得清清楚楚，他从床下钻出来说：

"谢谢你，好心的太太，你救了我的命，这位先生是你的丈夫吧。先生，是这样的，我和拉贝奇发生了一点儿小误会，谁知他脾气暴躁，拔剑就要杀我。我跑过你家门口想躲躲，你的太太救了我，谢谢你们！"

李奥先生说："这没有什么，我也不想在我家里有什么人被杀。"

> **语言描写**
> 李奥相信了妻子的话。

纳特向他们告辞，还借了李奥的马，大摇大摆地走了。

忠 心

贝特丽告诉丈夫说仆人约她今晚在花园相会,她让丈夫穿上她的衣服去花园等待,自己却和仆人相会,然后让仆人去花园打了丈夫一顿。

菲罗美娜也给大家讲了个故事:

亚尼诺是佛罗伦萨的青年贵族,曾经随父亲在巴黎侍奉过法国国王。那时,他经常参加各种聚会,学会了许多高雅的礼仪,所以显得温文尔雅,风流潇洒。

他偶然听说威尼斯有一个贵妇人贝特丽太太堪称天下第一美女,便想追求她。于是,他只身来到威尼斯,住在一个旅馆里,一边打听贝特丽的情况,一边想着接近她的办法。

行为描写
亚尼诺在为追求贝特丽做准备。

一天,他看到一个美丽的妇人乘车从旅馆门口经过,就向老板打听那妇人是谁。得知那妇人就是贝特丽后,亚尼诺决心不顾一切也要得到她的爱。于是,他就求老板推荐他到贝特丽太太家做仆人。老板和贝特丽太太家的管家很熟,所以,亚尼诺顺利地成了贝特丽太太的仆人。

亚尼诺干活儿很卖力,很快得到贝特丽先生和太太的赏识,认为他是最忠心的仆人。

一天,先生外出了,贝特丽太太就找亚尼诺玩儿纸牌,亚尼诺故意让太太赢,太太非常开心。这时,房间里只有他们两个人,亚尼诺就对太太吐露了自己的心声:从到巴黎侍奉国王开始,后来如何听说她的美貌,又如何独自到威尼斯,如何进她家里为仆人,如何卖力干下贱的粗活儿。这些话感人肺腑,最后他说:"太太,如果我能得到你的爱,这将是我一生最大的

语言描写
亚尼诺将自己说得十分痴情,以此来感动贝特丽太太。

荣幸，如果我不能得到，我将永远在你的身边，做你的仆人。"

贝特丽太太听得眼泪汪汪，满口答应了他的求爱，并让他今晚到她卧室去。

晚上，贝特丽太太和丈夫很早就睡了。亚尼诺溜进房间，摸到太太睡的床边。他发现太太根本没睡，他上前拉住太太的手，太太也使劲拉住了他的手。这时，太太对身边已睡着的丈夫说：

"亲爱的，快醒醒，我有话对你说。"

"什么事？"丈夫好不容易也醒过来，迷迷糊糊地问。

"我们以为亚尼诺是我们最忠心的仆人，可是我们错了。今天下午，他竟然厚颜无耻地向我求爱。"贝特丽说。

床边的亚尼诺一听这话，吓得半死。他听太太又说："我假装答应他今天半夜在花园里的树下等他，亲爱的，你穿上我的衣服，再顶上我的头巾，到树下等他。如果他来，就知道他是个不忠心的人。"

丈夫听说这事非常生气，摸黑穿上妻子的衣服到花园里等不忠心的仆人去了。

床边的亚尼诺见太太这样安排转惊为喜，二人亲热起来。

过了一会儿，太太对亚尼诺说：

"你现在到花园去，就说你今天下午向我求爱是为了考验我对丈夫的忠心，然后把他痛打一顿。"

亚尼诺来到花园，见先生正穿着太太的衣服坐在树下，他拿起一根棍子，对"太太"说："你这个不忠心的太太，我今天下午向你求爱只是为了试探你对主人是否忠心，你竟这么不要脸，半夜出来幽会。"

说罢，举棍就打。那"太太"抱头跑回了屋。

叙述说明

亚尼诺和太太就在房间里拉扯起来。

叙述说明

丈夫因为亚尼诺的不忠心而感到十分生气。

语言描写

太太给亚尼诺出了个主意，顺便打先生一顿。

调　包

丈夫发现妻子与别人偷情,出去追赶情敌,妻子趁机让使女替自己躺在床上。丈夫回来后毒打使女,剪去她的辫子,并叫来岳母和大舅哥,结果自己被教训一顿。

下面轮到尼菲丽讲故事了,她说:

有个商人名叫力古乔,为了能跻进贵族的行列,便吹嘘说自己祖上多么多么高贵,他现在又如何如何有钱。他娶了一位名叫西美拉的贵族小姐,认为这样就更体面,对他的生意也更有利。

他娶了西美拉之后,便把她看成是自己花了大钱买来的贵重商品,只能珍藏在家里,生怕别人偷走了。他看管妻子极其严格,每天要等妻子上床睡了之后他才放心睡下。

西美拉很厌烦他的铜臭气,便偷偷让心腹使女帮她找一个青年做情人。他们没有别的约会时间,只能等丈夫睡着之后才有机会。

西美拉的卧室窗外就是一条街,她和情人商量了一个办法:她用一条细细的绳子,一头放在窗外,一头藏在被子下面。晚上她用绳子拴住自己的大脚趾,情人来约会时,就在窗外拉绳子的那头。如果她丈夫还没睡着,她就把绳子收进屋里,这时情人就赶快离开;如果她丈夫已睡着了,她就起身给他开门。

有一天晚上,夫妻二人都睡了。丈夫伸腿时发觉被子下面好像有根绳子似的东西,他趁妻子睡着,悄悄点灯,掀起被子一看:真是一条绳子。这下他全明白了,他悄悄睡下,等着看有什么事情发生。

不久,情人果然在外面拉绳子。可能是西美拉往脚趾上系绳子时没系紧,竟然从脚上脱落了,她根本没察觉情人在外面。

力古乔已经觉察到了有人在窗口拉绳子,他起身开门,怒冲冲地往窗户那儿奔去,那情人一见是力古乔转身就跑。力古乔扑了上去,二人扭打起来。

这时西美拉已经被吵醒了,见到这种情形大吃一惊。她急中生智,到使女的房间,把她叫醒,恳求使女帮她,让使女躺在自己床上假装自己,千万别出声,事后答应给使女一笔钱,使女为了钱答应了。

力古乔在外面和那情人又吵又打,吵醒了邻居,力古乔怕家丑外扬,就丢开那情人,又回到卧室。

他拎起床上躺着的"妻子",边骂边打,还一手揪住她的辫子,另一手拿起剪子,把辫子剪了下来。那女人只是哭叫,他也没听出来这女人是使女。

他气急败坏地说:

"你这个不要脸的女人,我让你妈妈和你哥哥来把你领回娘家去,我不要你了!"

说罢,直奔妻子娘家而去。

西美拉等他走后,来到卧室,安慰使女一番,给了她钱,让她回到自己房间。然后,她把房间又收拾整洁,点上灯,又把自己修饰一番,装出一副还没有睡的样子,坐在灯下做针线活。

很快,丈夫领着她母亲和她哥哥就回来了。她装出镇静的样子,对丈夫说:

"你怎么这么晚才回来呀,我从下午一直等你到现在。"然后,她又对母亲和哥哥说:

"母亲,哥哥,你们怎么三更半夜忽然到这里来了,是不是出了什么事?"

丈夫和她母亲、哥哥都很奇怪,为什么丈夫打得那么厉害,而她脸上一点伤也没有,根本不像刚挨过打的样子。丈夫上下打量妻子,西美拉说:

"怎么了?你们今天晚上怎么这么奇怪?出了什么事?"

她哥哥就把刚才力古乔到家里向他们说的她偷情的事讲了一遍。她听后大喊"冤枉"。

力古乔伸手扯下她的头巾,傻了眼。她母亲一看,质问力古乔:

"你不是说剪了她的辫子吗?这不是好好的吗?到底怎么回事?"

西美拉指着丈夫,边哭边骂:

语言描写

西美拉故意反咬一口,让力古乔更加无可辩驳,同时也直接表现出她的不满与委屈。

"肯定是你在外面哪个野女人那里睡觉做梦剪了人家的辫子,反来诬赖我。我一向本分,一直坐在家里等你回来,你这酒鬼,三天两头不回家,回家还醉醺醺的。我不跟你过了!"

力古乔哑口无言,无法分辩。

西美拉母亲见状,大骂力古乔当初骗娶了她女儿,现在又虐待她。

语言描写

力古乔自知理亏,自愿认错,与之前暴怒中责打女人的行为形成对比,颇有讽刺意味。

她哥哥提起力古乔的衣领要揍他,他苦苦哀求说:"是我喝醉了酒,看花了眼,我下次再不敢了。"

力古乔至今还不明白是怎么回事。

梦见好友

一个青年爱上了教子的母亲,他的一个朋友也爱上她,青年死后,托梦给朋友,告诉他阴间的情况。

轮到国王讲故事了,他说:

亲爱的朋友,你们妻子骗丈夫的故事真是太精彩了,我实在讲不出那么精彩的故事,只好用我国王的特权,讲一个别的主题的故事吧。

丁乔和麦奇是两个热情活泼的青年,他们是最要好的朋友,经常一起打猎,一起去教堂听讲道。

有一次他们在教堂听神父讲道时,神父说:

"人死以后,灵魂就到了阴间,上帝会根据他活着时的所作所为,进行不同的判决,多做善事的人升入天堂,犯了罪的人、违反教规的人会下地狱。"

二人听后将信将疑,于是,他们商定:他们二人谁先死,谁的灵魂就托梦给另一个人,告诉他阴间的情况是不是神父所说的那样。

丁乔有一个教子,教子的母亲是一位年轻美丽的太太。丁乔身不由己地爱上了这位太太,这种行为在当时是违反教规的,也是一种犯罪,按神父的说法是会被打入地狱的。可是那位太太也倾心于他,所以二人经常相会。

由于朋友的关系,麦奇经常和丁乔一起到这位太太家去,麦奇也爱上了她。但他发现太太经常和丁乔相会,而很少理睬他,就很失望。

天有不测风云,丁乔年纪轻轻染病而死。麦奇很伤心,因为他失去了一位好朋友。

一天晚上,他迷迷糊糊刚睡着,就看见丁乔来到他身边,对他说:"麦奇,我答应过你给你讲阴间的情景,现在我就讲给你听。"

麦奇忽然明白了这是丁乔的灵魂托梦给他，就问灵魂在阴间会受到什么处置。丁乔一一做了回答，他还劝麦奇多做善事，这样，对他死后会有帮助。

麦奇忽然想起丁乔和教子母亲偷情的事，就问丁乔是否因为这件事受处罚。

语言描写

从鬼魂的话中可以看出神父和教士们才是所犯罪孽最深重的人，充满讽刺。

丁乔说："我刚到阴间时，一个管理鬼魂的家伙让我和其他一些鬼魂用泪水洗刷自己身上的污垢，我很担心因为和教子母亲偷情而受惩罚就吓得浑身哆嗦。旁边一个鬼魂问我为什么哆嗦，我就对他说了原因。他满不在乎地说：'老弟，这件事没关系，你犯的这个罪太小了，阴间那么多鬼魂，有那么多罪孽，上帝管不过来。我来这里很久了，还没得到处置，因为光是那些神父、教士们的罪就够上帝忙的！'

"麦奇，我要走了，再见。"

国王的故事讲完了，剩下没讲故事的也都讲了故事。

国王摘下头上的桂冠对罗丽达说："轮到你做女王了，请接受这顶王冠。"

语言描写

说明人世间充满了谎言与愚弄，同时为明天的故事做铺垫。

罗丽达说："朋友们，今天的故事都很精彩，但这只是妻子愚弄丈夫的事，其实世上不只是女人在愚弄男人，男人也在愚弄女人，女人之间、男人之间也有许多人在互相愚弄，所以我决定明天的故事就讲人与人之间互相愚弄。"

然后，女王吩咐总管开晚饭，她说今天要早点吃晚饭，因为要在天黑之前赶回别墅。

叙述说明

大家都很喜欢天使谷，恋恋不舍。

大家在这风景如画的天使谷吃完晚饭，恋恋不舍地回到别墅。

女王说："明天是礼拜五，是耶稣基督受难日，我想让大家明天、后天休息两天，好好修身养性，思考讨论，礼拜天再讲故事。"

大家都同意。

拓展阅读

名师点拨

这一天，所有的故事都围绕着原本规定的主题展开，虽然最后的结局殊途同归，但是过程却不尽相同，表现出人性的区别，人与人之间，单纯的善良是无法维持关系的，机智的人在哪里都能过得好。

回味思考

1.达莎的丈夫是个什么样的人？

2.这一天的国王为什么没有讲述主题规定的故事？

好词收藏

疑神疑鬼　跌跌撞撞　温文尔雅　气急败坏　委曲求全

好句积累

🕐由于他经常审问老婆是否对他忠实，时间一长，他老婆产生了逆反心理，偏偏在外面找了个情人。

🕐塔发在屋里听见"扑通"一声，以为他老婆真的跳井了，外面又看不清楚，他急忙点上灯，拿起绳子往外跑。

第八天

名师伴你读

礼拜天到了,上午,女王带领大家散步、祈祷。午饭后,大家来到花园,有的聊天,有的躺在草地上休息。过了一会儿,女王召集大家围坐在一起,开始讲故事。

借 钱

古发多的情人答应和他幽会,但要一笔钱。古发多向情人的丈夫借了钱,当着朋友的面交给情人,后来又告诉情人的丈夫说钱已经还给了太太。

尼菲丽讲了一个故事:

米兰有个商人叫古发多,他为人正直,讲信用。他向别人借钱,总是连本带利按期归还,从不拖欠。所以,许多人都乐于把钱借给他。

叙述说明

介绍了古发多的特点,同时也为后文中他借钱做铺垫。

他爱上了富商卡拉特的太太,就向她求爱,说为了她,他愿意付出一切,因为她是一位温柔多情的女人。

叙述说明

古发多发现这位太太的真面目并不像表面上看上去那么美好,他假装同意,但肯定不会让她如愿。

卡拉特太太说只要答应她一个条件,她就可以满足他的要求。她的条件是:他先给她二百个金币。

古发多没想到在他看来是如此高贵多情的太太竟然这么世俗卑劣,非常伤心,因为这位太太伤害了他的一片真心。但他假装同意了。

那太太果然是个见钱眼开的人，一见他同意了就说："你真爽快！后天，我丈夫要去罗马，到时候，你带着钱来我家吧。"

第二天，古发多到卡拉特先生的商行里，向卡拉特借二百个金币，说他要做一笔生意，等钱用。卡拉特知道古发多是个讲信用的人，很爽快地把钱借给了他。

第三天，等卡拉特先生出门去罗马后，古发多和两个朋友来到卡拉特家。他对太太说："卡拉特太太，昨天我向你丈夫借了二百个金币做生意，不想生意没做成。我想，还是把钱赶快还给你吧。"

那太太心想："他果然送来二百金币，他这样说肯定是为了不让那两个朋友怀疑我和他之间的事，他真是太聪明了。"

她把钱数了一遍，不多不少。她收起了钱，又和古发多悄悄商定晚上约会。

过了几天，卡拉特先生回来了，古发多来到他家，卡拉特夫妇热情地接待了他。古发多对卡拉特说："那天，我找你借了二百金币，可是生意没做成。我等两天就和朋友来到你家，当着那两个朋友的面把钱还给了你妻子。卡拉特太太，你说是吗？"

那太太一听，心里气极了，她故作镇定地说："是的，如数归还了，我丈夫刚刚回来，我还没来得及给他。"

说完，取出钱，交给了丈夫。卡拉特先生拿出借据，还给了古发多。

从此，古发多再也不认为表面高贵多情的女人就是高尚的女人了。

语言描写

那太太很快就同意了，说明她爱钱。

心理描写

太太只当他是履行约定，用借钱还钱做借口，却不知他所说的是确有其事。

语言描写

因为有人证，这太太不得不承认已收到钱，只得把钱交给丈夫。

以物换物

乡村神父和贝尔洛幽会时,留下外套做抵押,但他
又向她借了个石臼,他用石臼换回了外套。

女王命令旁费洛讲一个故事,旁费洛说:

教堂里的神父身披袍子,严肃端庄,但有些却是道貌岸然。

叙述
神父虽然
有着高尚的职
业,却是一个行
为卑劣的人,为
后文做铺垫。

有个乡村神父,贪财好色,诡计多端,他经常把教堂里的
蜡烛、供品之类拿回家自己受用,还千方百计让别人多施舍。
他常常趁农妇们的丈夫不在家时,溜进她们家里,向她们甜言
蜜语。

村里有个农妇叫贝尔洛,这个神父看上了她,有事没事跟
她套近乎。他见贝尔洛爱占小便宜,就时不时送她一些小东
西讨她欢心。

一天,神父看到贝尔洛的丈夫进城去了,便直奔她家。

神父用话挑逗贝尔洛,看她有点动心,就上前向她求爱。
不料,贝尔洛却说:

语言描写
说明贝尔
洛并不喜欢神
父,但是她愿意
为了钱出卖自
己的身体,是一
个贪财的人。

"你看我连件新衣裳都没有,你要是答应给我十个里拉做
衣裳,我就答应你。"

神父说自己身上没带钱,贝尔洛便满脸不高兴。

神父说:"这样吧,我用这件外套做抵押,明天把钱给你
送来。"

"这件旧外套不值钱,你别想骗我。"

神父见她不同意,就大吹他这件外套料子如何好,做工如
何精致。说得贝尔洛动了心,答应了他。

叙述
神父嫌贝
尔洛开价太高,
反悔了,表现出
他的小气和诡
计多端。

神父回到家,觉得十个里拉太贵了,自己太不应该把外套

留下了,他眼珠一转,计上心来。

第二天,他让教堂里的一个仆人去向贝尔洛借了一个石臼,说是教堂里做供品时捣蒜用。

到晚上,他估计贝尔洛正在和丈夫吃饭,就拿着借来的石臼来到贝尔洛家,对她说:

"谢谢你,贝尔洛,石臼用完了,我特地来把它还给你。"贝尔洛接过了石臼。

贝尔洛的丈夫说:

"神父,我们很乐意把石臼借给你。"

"我想,"神父接着说,"我想把借石臼时抵押在这里的外套拿走。"

"什么,"丈夫对妻子说,"神父借石臼,你竟然让他留下外套作抵押,这都是我白天不在家,你干的好事! 快把外套还给神父! "

贝尔洛只好把外套还给了神父。

<blockquote>语言描写</blockquote>

神父谎称外套是借石臼时的抵押,贝尔洛当然不可能对丈夫解释外套的由来,只能把外套还给神父了。

卡兰力被捉弄

贪心的卡兰力得知有一种隐身宝石,便从河边带回许多石头,自以为找到了隐身宝石。妻子说他犯傻,他便揍了妻子一顿。

伊丽莎给大家讲了一个故事:

威尼斯有个画匠叫卡兰力,最爱好吃懒做不想干活儿,只想着天上掉馅饼的好事。他经常对他的同伴说:

"我的命太苦,出身贫穷,不得不一天到晚像壁虎一样趴在墙上涂涂抹抹,还挣不了几个钱。要是有一种什么好方法,

<blockquote>语言描写</blockquote>

从中可以看出卡兰力对自己的工作很不满,是一个好逸恶劳的人。

能够不用出力就能挣大钱就好了。"

和他一起工作的两个画匠,一个叫波罗,一个叫波布,他们知道卡兰力好吃懒做,又有点缺心眼儿,便经常捉弄他。

有一次,这两个画匠想了个主意,要捉弄一下卡兰力,就找了另外两个朋友帮忙。

这天下午,卡兰力和那两个画匠一起为一所修道院画壁画,这画是画在一道临街的围墙上的,他们三个站在院子里往墙上画。卡兰力忽然听到墙外面有两个人在说话,一个说:

语言描写
有隐身宝石就可以不用干活儿,这正与卡兰力好吃懒做的想法一致。

"感谢上帝,昨天上帝托梦给我,他指点我去城门外的河边找能够使人隐身的宝石,我们果然找到了。这样,我们有了隐身的宝石,别人就看不到我们,我们可以到街上随便拿东西回来,再不用干活挣钱了。"

"你不会记错吧,"另一个说,"上帝是不是说黑色的石头才是隐身宝石?"

"没错,上帝说河边有好几块呢,可惜我们只找到两块,要不是我们急着回罗马,非多找几块不可。"

"可怜他们威尼斯人守在河边也不认识这种黑石头有这么大法力。"

叙述说明
卡兰力的急切正说明他已经上当了。

卡兰力一听有这么便宜的事,就急忙跑到外面去找那两个人,可惜已经看不到他们了。

卡兰力问两个伙伴有没有听见那两个人讲话,两个伙伴都说听到了,但不知这事是真是假。卡兰力却深信不疑,他还拉两个伙伴和他一起到城门外的河边找隐身宝石。

三人来到河边,一看河滩上的确有一些黑色小石头,但他们不知道哪一块是真宝石。

卡兰力说:"功夫不负有心人,我们把这黑石头都拿回去,说不定哪一块就是的,我们有了宝石,那可发大财了。"

说罢,他脱下袍子,一粒粒地把黑石头捡起放在袍子上。

他的两个同伴在一旁偷偷地笑,原来墙外说话的那两个人就是他们请的朋友。

他们见卡兰力已经用袍子兜了一大堆石头,就说:"哎,真怪,刚才还看见卡兰力在前边捡石头,现在怎么看不到他了。"

"是啊,他先走的话,也会给我们打声招呼的。噢!天啊,一定是他找到了隐身宝石,我们看不到他了!"

卡兰力一听高兴得差点叫起来,他怕叫出声音后被同伴听到,他看着一大包石头,不知哪一粒是,一想,干脆全部都背回家去。他背起石头,一溜烟儿朝家走去。

那两个同伴相视一笑,远远地跟着他往回走。

一路上没有一个人和卡兰力打招呼。因为他们都不认识他,而卡兰力却以为别人都看不到他。

他乐滋滋地回到家,把石头包"哗啦"一声放在地上。他老婆见他背一包石头回来,就说:"你干什么去了,这么晚才回来,你吃饱了撑的吗?背一大包石头回来!"

卡兰力一愣,问老婆:"你难道看得见我?一路上的人都看不见我,我得到了隐身宝石,你怎么能看得到我?"

"你疯了?胡说什么!"

"我明白了,"卡兰力指着老婆说,"都是你这个霉气的臭婆娘破了宝石的法力!你这个扫帚精,我从娶你第一天起就觉得你是个不吉利的人!"说罢,把他老婆痛打一顿。

那两个同伴躲在门外,捂着嘴笑。

语言描写
这两个同伴故意装作看不见卡兰力的样子,诱惑卡兰力上当。

叙述说明
卡兰力误会了没人和自己打招呼的原因,为后文埋下伏笔。

语言描写
执迷不悟的卡兰力还是没能明白自己被骗了,说明他的愚蠢和粗暴。

神父丢脸

神父向一个寡妇求爱，寡妇让一个使女做替身，同时请来主教。

接着，艾米拉也讲了一个故事：

从前，有一个寡妇，她行为检点，生活平静，从不招惹是非。她家住在一座大教堂旁边，和她同住的是她的两个年轻的弟弟，还有一个相貌丑陋的使女。

教堂里有一个神父，举止轻狂，贪杯好色，不专心神职，专门注意女人。他见住在教堂旁边的寡妇年轻美貌，就想占有她。每当寡妇到教堂来，他都上前厚着脸皮向她表达爱意。寡妇很讨厌他，但她不想轻易得罪他，就耐心地对他说，她是个寡妇，他是个神父，应该彼此尊敬，不要惹别人说闲话。

可神父总不肯死心，还是一个劲儿地缠着寡妇。寡妇很气愤，就和两个弟弟商量了一个对策。

一次，寡妇去教堂，神父又向寡妇求爱。寡妇笑着对他说："我被你的真心打动了，我改变了主意，决定答应你。"

"太好了！"神父说，"我追别的女人从来没有像追求你这么费力，不过，总算成功了，亲爱的夫人，我们什么时候在哪里约会呢？"

"你今天晚上就来我的卧室吧，不过，你不能说话，因为我家房子很小，我弟弟住的房间和我住的房间就隔一堵墙，你一说话他们会听到的。"

神父满口答应。

寡妇回到家，对她的使女说：

"我请你帮我一个忙,替我和教堂里的神父幽会,但不准说话。事成之后,我给你做一件新衣服。"

这个丑陋的使女答应了。

晚上,寡妇和两个弟弟待在弟弟的房间等待神父。果然,神父按照寡妇告诉他的路,进了寡妇的卧室,和丑使女亲热起来。寡妇一见神父中了计,就叫两个弟弟悄悄地出去,到教堂请来主教,说是请主教看一看真正的神父。

不一会儿,两个年轻人领着主教来了,寡妇点上灯,领着主教来到自己的卧室。

主教一看,神父正睡在寡妇的床上,旁边还睡着一个丑陋的女人,主教大喝一声,叫醒了神父。

神父睁开眼,见此情形才知道中了寡妇的计。

此后,神父老实多了。

叙述
寡妇设计让神父上当,以此来惩罚好色无耻的神父,还特意请主教来做人证。

以牙还牙

寡妇让追求自己的一个青年在外面冻了一夜,青年设计让寡妇在房顶晒了一天。

女王命令潘比妮亚讲个故事,潘比妮亚说:

有的人心存邪恶,总是捉弄别人,结果自己反而被人捉弄。

有一个寡妇,家境很富裕,仗着自己年轻貌美,傲慢无礼,常常捉弄人。有个轻浮的年轻人见她年轻貌美又有钱,便主动和她接近,二人很快成了情人。

城里有一个刚从巴黎留学归来的贵族青年罗尼,在一次聚会上见到了寡妇,不禁被她的美貌吸引。那寡妇见有个看起来很憨厚的小伙子盯着她不觉暗自高兴,因为她觉得自己

叙述
简单介绍了寡妇和她的情人,为后文做铺垫。

很有魅力，便看了他几眼。

叙述说明

罗尼误会了寡妇的意思。

罗尼在爱情方面很少经验，他还以为寡妇对他有意，便打听了寡妇的姓名、住址等情况，向寡妇送花、写情书。

寡妇觉得有另一个青年追求自己可以使现在的情夫更爱她，便收下了他送来的花和情书。

可是她的情夫却打翻了醋坛子，让她表态，她到底爱谁。

寡妇轻浮地说："别生气，亲爱的，我当然爱你。至于那个傻瓜，我会证明给你看的，你等着看好戏吧！"

第二天，她就让她的心腹使女送信给罗尼，约他晚上来她家相会。

叙述说明

一经传讯，罗尼便冒着大雪来到寡妇家，说明他非常信任重视寡妇。

当时正值冬天，天下起了大雪，但罗尼仍然冒雪来到寡妇家。使女给他打开大门，让他进到院子里，对他说："实在对不起，夫人的弟弟正在和夫人吃晚饭，她脱不开身，又不好让她弟弟知道你们的事，夫人让你在院子等一会儿，等她弟弟走了，再请你进屋。"

说完，使女进了屋，罗尼站在院子里等着。

这时，寡妇和她的情夫正站在楼上的窗边看着站在院子里冻得直哆嗦的罗尼。

语言描写

说明寡妇只是捉弄罗尼，借此向情夫示爱，她对罗尼毫不在乎。

寡妇说："亲爱的，你现在知道我到底爱谁了吧，我们去壁炉边烤火吧，让那个傻瓜在雪地里等着吧。"

罗尼在院子里等了大半天，都快冻僵了，还不见使女来请他进屋。他想离开，可是又觉得等了这么久走了太可惜，只好等下去。

已经半夜了，使女出来对他说："太太让我告诉你，她弟弟还在和她闲谈，让你再等一阵子。"

已经后半夜了，寡妇从门缝里探出头说："罗尼，对不起，我弟弟还没走,你再等一会儿吧。"

罗尼这时冻得已经迈不动步了,他恳求寡妇说:"让我进屋去等吧,我已经冻得不会走路了。"

"不行啊,被我弟弟发现你在我屋里多么难为情啊,你再等等吧。"

寡妇说完,"砰"地关上了门。

罗尼已经冻成了一根冰棍儿,这时天已经快亮了,他现在也明白了寡妇是在捉弄他。这时,罗尼心中的爱已经变成了恨。

使女打开门,对罗尼说:"夫人让我告诉你,今天不能和你相见,以后再约时间吧。"

罗尼强压怒火,装出一副真诚的样子,嘴里说:"我时刻听从夫人的召唤。"

可是他心里在说:"我要报复!"

此后,他表面还对寡妇像以前一样追求,暗地里却在寻找机会。

转眼到了夏天,寡妇的情夫找到了一个更有钱的寡妇,离她而去。寡妇非常伤心,整天愁眉苦脸。

她的心腹使女说:"夫人,我听说那个追求你的罗尼在巴黎学过巫术,或许他能让离开你的人回到你身边。"

寡妇觉得这个办法好,就让使女去问罗尼该怎么办。

罗尼一听,机会来了,就请求和寡妇单独谈。

寡妇请来罗尼,罗尼说:"我在巴黎的确学习一种巫术,能使负心的人回心转意。我给你一个木偶人,上面写上负心人的名字;你拿着它,在半夜的时候,到河里洗澡,然后赤身裸体站到高处,念七遍咒语,咒语我等会儿再写给你。这时就会有

语言描写
罗尼如此挨冻,寡妇却毫不感动,也不心疼,表现出她的冷酷无情。

叙述
说明寡妇的情夫对她并不是真情,而是贪慕她的钱财。

语言描写
罗尼详细地解释整个巫术的流程,说得煞有介事,哄骗寡妇上当。

一个美丽的仙女出现在你面前,你把你的要求说给她听,到第二天晚上,离你而去的人就会回到你身边。"

寡妇一听高兴极了,说:"正好,我在乡下的河边就有一座庄园,河边的树林旁还有一间平顶的石头房子,旁边有木梯可以上到房顶,那是晒粮食用的。"

第二天,寡妇便带使女来到乡下的庄园,晚上,她让使女先睡,自己半夜里拿着罗尼给她的木头人,到河里洗了澡,然后上岸来,把衣服包好,放在河边的一棵树下面,赤身裸体爬上了树林边的石屋顶。

这时,罗尼带着仆人躲在树林里,看到寡妇爬上了屋顶,便让仆人悄悄把梯子搬进树林。

那寡妇口中念了七遍罗尼教她的咒语,不见有仙女来;她又大声念了七遍咒语,还不见有仙女来。她忽然明白了,罗尼

叙述

罗尼骗得寡妇赤身裸体上了屋顶,搬走梯子就是为了报复,不想让她下来。

在用同样的方法报复她!

她说:"罗尼啊罗尼,我上了你的当。不过,这并没什么,因为在这样的夏天,我只不过出来洗了个澡,爬到房顶吹吹风,我现在就回去,你的如意算盘要落空了。"

但是她很快就傻了眼,梯子没有了!

她大哭起来,后悔不该听信罗尼的话,眼看天快亮了,要是让别人看到自己赤身裸体站在房顶上会怎么想?她真想跳下去自杀。

这时,罗尼在树林里已经睡了一觉,看天快亮了,就起身来到石屋下,对屋顶上的寡妇说:"早上好,夫人,你见到仙女了吗?"

寡妇看见罗尼来了,像见了救星,说:"亲爱的罗尼,上次是我不对,让你冻了一夜。现在你也报复了我,让我也被晾了一夜,虽然现在是夏天,站这么高,晚上也很冷。你已经出了气,请你这位绅士让我下去吧。"

罗尼笑着对寡妇讲了他那一夜如何挨冻,又如何坚持下来的情景,劝她也坚持。罗尼啰啰唆唆说了一大堆话,就是不让她下来。

太阳出来了,寡妇哀求罗尼说:"现在热极了,求你把梯子搬过来吧,我今后只属于你一个人。"

罗尼说:"现在很热,我到树林里乘凉去了。"

说罢,走进了树林。

太阳照着大地,因为天气太热,人们都躲在家里乘凉,没有一个人出来。

寡妇在屋顶被晒得皮肤都起了泡,她现在已经不担心自己赤身裸体让别人看到,她渴望有人能把她救下来,可是她看

叙述

说明寡妇已经无法忍受了,这毒辣的太阳如同酷刑一般折磨着她。

不到一个人。她被晒得头晕眼花,嗓子冒火,嘴唇开裂,已经喊不出声来了。偏巧,这时又飞来了许多蚊子,在已经晒得起泡的皮肤上乱叮乱咬,弄得她全身红肿,没有一块好地方。

罗尼在树林中吃完干粮,睡完午觉,太阳已经快下山了,才走出树林。

这时,寡妇已经昏倒在屋顶上。

叙述

罗尼并没有把这件事闹大,只是暗示使女去救寡妇,可见他还是善良的,懂得分寸。

罗尼见状,觉得该收场了,他让仆人把梯子放在墙边,又让他去告诉寡妇的使女,就说好像看到寡妇家石屋顶上有人,让使女去看看那人是不是去屋顶上偷粮食的。

使女正在家里为主人至今未回而发愁呢,听说又有人偷东西,便跑去爬上屋顶一看,只见一个浑身红肿的赤身女人躺在那里一动不动。她定睛一看,原来是主人,忙找来人,救她下去。

寡妇从此不再捉弄人了。

骗子的下场

女骗子骗了商人的钱,商人又从她那里借了一笔,用货物抵押,女骗子发现货物全是假货。

议论

开头点明中心及主旨,揭示下文的故事将是骗子自食恶果的故事。

轮到第奥诺讲故事了,他说:

喜欢骗人的人是没有好下场的。

一个商人用船只运送了一匹丝绸到巴勒莫去贩卖。船到港口,港口的海关把货物登记在册以后,商人就把货物存放在港口的一个仓库里,然后带好仓库钥匙进了城。他准备边打听买主,边在城里好好玩儿几天。

他正在大街上闲逛,忽然看见一个美丽的女人含情脉脉地看着他。那女人穿金戴银，气度不凡，商人不觉动了心，正想上前搭话，就见那女人上车走了，商人只好回到旅馆。

傍晚，商人正在旅馆闲坐，见有一个使女模样的人向他走来。使女自称是白天在街上见到的那位夫人派来的，夫人是一位富有的寡妇，见商人相貌英俊就看上了他，今晚请他到她家里去谈谈。

商人高兴极了，立刻随使女来到夫人家。商人见夫人家里果然陈设华丽，不觉起了羡慕之心。二人谈得非常投机，商人当晚就住在了那里。

直到卖完了货物，商人还不舍得离开巴勒莫港，仍和夫人经常约会。

一天，夫人忽然哭了起来，说她的弟弟在威尼斯欠别人的钱，无力偿还，如果五天之内不还，就要坐牢，虽然夫人卖掉一处庄园可以凑齐别人要的五百金币，但时间已经来不及了。

商人听后，拿出自己卖丝绸的全部货款五百金币，先借给她救急。

过了一个月，商人见夫人对他越来越冷淡，而且闭口不提还钱的事，便觉得有些不对头，因为当初借钱，没有写书面借据，他也不好强行讨要。直到后来夫人闭门不见，他才知道那女人是骗子。因为没有借据，他只能自认倒霉。

商人没有了货款，无脸回家，便来到了佛罗伦萨，求助于一个朋友。这个朋友给他出了一个绝妙的主意。

商人雇船装运了二百个油桶，又来到了巴勒莫港。海关给货物登记在册后，商人把货存在仓库。他带上钥匙，又住进了原来住的旅馆。

那女骗子有个同伙，专门在海关打听来了什么商人，带来的货值多少钱,然后确定骗谁。这同伙打听到上次骗过的商人又来了,带来的货值两千金币,而且不久还要运来价值四千金币的货。同伙和女骗子一商量,后悔不该急着骗他五百金币,他们决定放长线钓大鱼,把商人的钱全骗过来。

女骗子又把商人请到家,对他说,她前几天去了外地一个亲戚家,所以招待不周,请他原谅,并且拿出五百金币,还给了商人。商人也不计较,二人还像以前那样亲密。

有一天,女骗子见商人愁眉苦脸的,好像有心事,就问他出了什么事,商人说:

"唉,我还有一批价值四千金币的货没运来,船走到威尼斯港,被海关扣住了,说是船上藏有走私物品,其实是海关的人想捞一笔油水。船上的人送信来,要一千金币去打点。可是前几天你还给我的五百金币,我已经寄去那不勒斯买别的货了。"

女骗子一听,心想:"如果威尼斯海关把货物没收,我可骗不到钱了,干脆,我先借他一千金币,然后再骗他六千金币。"主意已定,她对商人说:"你不要急,我认识一个放债的人,他的钱很容易借,但是需要足够的货物做抵押。"

商人同意用价值两千金币的油做抵押。

女骗子便叫来她的同伙,对商人说他就是那个放债人。双方写好借据,抵押合同之类的文书后,女骗子的同伙便给了商人一千金币。

第二天,女骗子让使女到旅馆去请商人,发现商人已经搬出了旅馆。女骗子马上和同伙一起到仓库看那二百桶油。原来,油桶里全是水!

第奥诺的故事讲完后，大家都说那女骗子活该。女王让剩下的人也讲了故事。

等大家把故事讲完以后，女王从头上摘下桂冠，说："下面轮到美丽的艾米拉做女王了。"

艾米拉羞涩地接受了桂冠，她说："我们这几天讲的故事全都是围绕一个主题的，不免有些单调，明天，我们不限制主题，大家讲自己喜欢的故事，这样会更精彩。"

语言描写
艾米拉没有确定下一个主题，表现出她随性的特点。

"现在离晚饭还有一段时间，我们随便轻松一下吧。"

大家站起身来，到外面去散步。

晚饭后，大家照例跳舞，然后，各自去睡了。

拓展阅读

名师点拨

在这一天的故事中，大家围绕着人与人之间的欺骗和捉弄进行讲述，每一个故事都很精彩，塑造了许多鲜活的人物形象。不仅是心怀恶意的人会捉弄人，那些机智、聪慧的人也同样擅长用捉弄的方式来惩治恶人，这些巧妙的惩治方式既大快人心，又令人发笑。

回味思考

1. 古发多为什么要当着朋友的面把钱给太太？
2. 卡兰力为什么会以为自己找到了隐身宝石？
3. 罗尼是怎么报复捉弄他的寡妇的？

好词收藏

见钱眼开　道貌岸然　诡计多端　千方百计　甜言蜜语
深信不疑　愁眉苦脸　回心转意　如意算盘　气度不凡

好句积累

☺ 他爱上了富商卡拉特的太太,就向她求爱,说为了她,他愿意付出一切,因为她是一位温柔多情的女人。

☺ 她把钱数了一遍,不多不少。她收起了钱,又和古发多悄悄商定晚上约会。

☺ 威尼斯有个画匠叫卡兰力,最爱好吃懒做不想干活儿,只想着天上掉馅饼的好事。

☺ 一路上没有一个人和卡兰力打招呼。因为他们都不认识他,而卡兰力却以为别人都看不到他。

☺ 罗尼在院子里等了大半天,都快冻僵了,还不见使女来请他进屋。他想离开,可是又觉得等了这么久走了太可惜,只好等下去。

☺ 她被晒得头晕眼花,嗓子冒火,嘴唇开裂,已经喊不出声来了。偏巧,这时又飞来了许多蚊子,在已经晒得起泡的皮肤上乱叮乱咬,弄得她全身红肿,没有一块好地方。

第九天

名师伴你读

清晨起床后，女王带领大家到别墅附近的一个树林去游玩。树林里鸟语花香，空气清新，大家摘野果、掐野花，玩得非常痛快。下午，他们又聚集在花园里讲故事。今天女王没有规定主题，所以大家都准备了自己喜欢的故事。

捉奸的修女

一个年轻修女和情人相会，修道院院长前来捉奸，年轻修女一看，院长的头上戴着一条男人的短裤。

女王让伊丽莎先给大家讲个故事，她讲道：

威尼斯有一家女修道院，那里的修女以圣洁无瑕而让人崇敬，院长经常告诉年轻的修女们要清心寡欲，好好修行，维护修道院的好名声。

院里有个年轻的修女，相貌秀丽，出身贵族，她的父母亲经常来院里看她。有一次，她父母亲带了几个朋友一同来看她。朋友中有一个年轻小伙子，英俊潇洒，他一看到这个修女便爱上了她，那修女对他也一见倾心。后来，他们又见过几次面，每次分手时，都难舍难离，但又怕别的修女看到，只好暗地里来往。

叙述

说明那个修道院的清规戒律十分严明，院长对名声非常看重。

131

一天晚上,小伙子如约赴会,悄悄溜进修道院,二人躲在修女的房间里亲热。不料,隔壁房间的修女半夜睡不着觉,起来散步,听到那个修女的房间里好像有人说话,便上前偷听,不禁大吃一惊。

她偷听完以后,并没有立即报告院长,而是悄悄告诉了几个平时和她要好的修女。她们商定等下次那男人再来和那修女相会时,大家一起捉奸。

她们连续守候了三个晚上,终于等到那个小伙子又溜进来与情人相会。她们分成两帮,一帮人守在房间门口和窗户旁,防止小伙子逃跑,另一帮人去报告院长。

那帮人来到院长房门外,急匆匆地敲门。院长摸黑打开房门,听了她们的报告,关上门就和她们一起来到那个房间门口。这时已经有人拿来了灯,大家撞开房间,见那两个人正睡在床上。

院长命令大家把那个修女带到大厅,大声训斥她违反教规,她喋喋不休地讲起了犯这种罪的严重性,说不仅是修女本人名誉扫地,而且会殃及整个修道院的名声。

刚开始,那修女只是低着头听,见院长越说越起劲,便抬头准备辩解,她猛然看到院长的头巾很奇怪,仔细一看,竟然是一条男人的短裤。她明白了真相:原来,院长也正在和别的男人偷情。她打断院长的话,大声说道:

"院长,你先不要说我,先戴好你的头巾再说!"

院长不知道她为什么说这话,摘下头巾一看,竟然是正在和她幽会的神父的短裤,因为刚才忽然有修女来报告情况,她没敢点灯,摸黑穿上衣服,不想错拿了神父的短裤。她立刻转变了口气说:

"你下次做这种事时,一定要小心,被别人知道的话,会有损修道院的名誉的。"

卡兰力怀孕

医生诊断卡兰力怀孕了,他吓坏了,就请医生给他打胎。

菲陀拉多也给大家讲了个故事,他说:

朋友们,你们还记得昨天伊丽莎讲的画匠卡兰力捡宝石的故事吗? 我讲的也是关于他的故事。

那次卡兰力没捡到宝石,很生气,就向他的那两个同伴波罗、波布诉苦,说他老婆是个不吉利的人,破了宝石的法力。两个同伴说:

"你还诉苦呢,那天在河边,你捡到宝石不向我们打声招呼就自己跑了,太不够意思了,你要请我们吃顿饭才行。"

卡兰力小气得要命,立刻拒绝了。

波布和波罗找到一个医生朋友,请他帮忙,商量了一个方法,一定要让卡兰力请他们吃饭不可。

第二天,卡兰力一出门,迎面碰见波布。波布盯着卡兰力的脸看了一会儿,对卡兰力说:"亲爱的朋友,你不舒服了吗? 你的脸色真不好,一会儿黄,一会儿白,你要当心。"

卡兰力一听,忽然觉得自己有些头晕。二人分手后,卡兰力又向前走,刚转过街角,又碰见了波罗,波罗说:"亲爱的朋友,你不舒服吗? 你的脸色真不好,一会儿蓝,一会儿绿,你要当心。"

卡兰力一听,忽然又觉得自己有些肚子痛,他说:"我的确不舒服、头晕、肚子痛,我得回家。"

波罗和卡兰力一起回了家。一进门,卡兰力就对他老婆说:"我病了,快扶我上床。"

他刚躺下,波布就来看他,听说他真病了,波布就说:"不要紧,我有个朋友是医生,他叫莫力,医术高明,请他来看看吧。"

站在一旁的波罗也说:"我也认识那个莫力医生,确实医术高明。"

卡兰力同意了,波布便去把莫力医生请了来。这个医生就是波罗和波布找来合伙骗卡兰力的那个朋友。

经过仔细检查,医生说:"卡兰力先生,我不知道该向你道喜还是向你报忧,你怀孕了。"

"什么?"卡兰力大吃一惊,"天啊,我怀孕了,这可怎么得了,这是怎么回事? 一定是你的原因,"他指着站在身边的老婆大骂,"我早就说你是个不吉利的女人,上次你破了我的宝石的法力,这次又让我怀了孕,我总有一天要死在你手里,你快滚!"

她老婆也很生气,一转身走出了房门。

"医生,"卡兰力又说,"我不想生孩子,听说生孩子很痛苦,而且孩子生下来后,闹不清该叫我妈妈,还是该叫我爸爸。求求你,赶快给我打胎吧。"

医生同意了,说:"你让人去买两只鸡、一块火腿、一根腊肠、一条鱼,还有木耳、香菇,把这些东西送到我的诊所,我把这些东西配成药水,保管你三天之内就把胎打下来,而且没有痛苦。"

第二天,医生让人送来了一瓶清水,让卡兰力分三天喝完。

就这样,卡兰力在家喝了三天清水,波罗、波布和医生大

语言描写

波布介绍了自己的朋友,是个医生。

语言描写

卡兰力再次被同一伙人所骗,再次不清不楚地把罪责安到妻子头上,这怪不得别人,只能怪他自己太蠢。

吃了三天美味。

从此，卡兰力逢人就夸莫力医生医术高明。

叙述

卡兰力不仅没发觉自己上当，反而对骗子深信不疑。

考　验

寡妇为了摆脱两个无赖的骚扰，给他们出了个难题。她先让一个人假扮死尸，又让另一个人去把尸体背回来，他们半路遇上巡逻士兵，都没完成任务。

下面是菲罗美娜讲的故事：

有个寡妇，相貌美丽，当地的两个无赖经常来骚扰她。但她很讨厌这两个无赖，多次告诫他们不要来打搅她，这两个无赖还是死皮赖脸地不放手。寡妇决定想个办法，让这两个家伙死心。

这天，其中一个叫亚力克的无赖来寡妇家纠缠寡妇，寡妇对他说："你是个胆小鬼，我喜欢胆大的人，你以后别来了。"

亚力克一听寡妇说中了自己的弱点，便吹牛说他是全世界胆子最大的人。

"那么，"寡妇说，"我让你去做一件事，如果你不敢做，你就不要来了。"

"你尽管说。"亚力克说。

"你到教堂墓地去，找到最左边的一个坟，挖开来，躺进去一夜，无论遇到什么情况都不能说话。你做得到吗？今晚就去！"

"没问题。"亚力克尽管心里胆小，但嘴上仍答应了。说罢，他回家了。

寡妇又让使女把另一个叫里卢的无赖找来，对他说："我给你个机会显示一下你对我的忠心。"

叙述

说明亚力克是一个胆小虚荣的人，他的吹嘘让寡妇得以借题发挥。

语言描写

寡妇让亚力克到墓地里去装尸体,又让里卢去盗尸,这样的计划十分巧妙,设置悬念,引人好奇。

"你只要说,我立刻做到。"里卢说。

"你今天后半夜到教堂墓地找到最左边的那个坟,死者是我的仇家,你把他的尸体给我背回来,我要请个巫师诅咒他。你做得到吗?"

"这个……"里卢害怕鬼,就有点犹豫。

"那你以后再不要找我了,你要发誓,如果你不把他的尸体背来,就永远不来见我。"寡妇说。

无奈,里卢只得发誓。

夜里,亚力克来到墓地,看到一个个坟,吓得两腿哆嗦。他壮着胆,找到最左边的坟,用哆嗦的双手挖开,打开棺材,看着里面的尸体,他怎么也不敢躺进去,但想到寡妇会说自己胆小,就壮着胆子,闭上眼,躺了进去。这时,他吓得连哆嗦都不会了。

再说里卢,到后半夜也来到墓地,找到最左边的坟,见坟已经被挖开了,真害怕从里面跳出个什么东西,吓得不敢靠近,但想到自己已经发了誓,只好硬着头皮往棺材里摸。

这时,亚力克正在里面躺着,忽然看见伸进一只手来,吓得昏了过去。

里卢还以为亚力克是尸体,背起来就走。

亚力克在里卢身上醒了过来,不由得哼了一声,里卢一听尸体哼了一声,吓得扔下尸体就跑。

叙述

亚力克和里卢彼此都不知道对方的情况,而两人都同样胆小害怕,就此闹出笑话。

正在这时,过来一队巡逻的士兵。亚力克害怕被士兵抓住后说不清楚,也赶快跑。

里卢正在前面跑,忽然发现刚才背的那具尸体也在后面跑,还以为尸体在追他,吓得再也跑不动了,昏倒在地上。

亚力克被巡逻的士兵抓住了,他不敢说挖坟的事,因为这个罪会受到很重的惩罚,他只好说自己是个小偷,但还没偷到东西。结果被判重打五十鞭子。

里卢吓得生了一场病。从此这两个无赖再也没有心思去纠缠寡妇了。

和老婆幽会

卡兰力自作多情地爱上了一个商人的情妇,并得到了一次约会的机会。当他正对着情妇激动不已时,却发现那女人是他的老婆。

轮到菲美达讲故事了,她说:

刚才伊丽莎和菲陀拉多都讲了画匠卡兰力的故事,我也讲一个关于他的故事。

有个商人新造了一所房子,请卡兰力、波罗、波布他们去装饰房间。

这所房子只有一个仆人看守,主人只是偶尔和他的情妇去住两天,卡兰力他们也是白天来干活,晚上回家。

一天,房子主人和情妇来这里小住。主人白天要忙生意,晚上才回来。

一次,卡兰力在院子里的井边打水,那情妇也去打水。他见那女人长得漂亮,就傻呆呆地盯着她看,还冲她"嘿嘿"傻笑。那女人见他的样子很奇怪,就看了他两眼。而卡兰力觉得那女人在对他飞媚眼,那女人回屋时,扭头又看了他一眼,觉得这个人有点神经不正常,而卡兰力却觉得那女人已经爱上了自己,心里乐滋滋的。

卡兰力因为心里有事,干活时就有点心不在焉,波罗和波布问他怎么回事，卡兰力就向他们讲了刚才那女人如何对他有意，还说，他一定要把那女人搞到手。二人根本不信。

第二天，卡兰力觉得他应该用自己美妙的歌声打动那女人的心，就从家里带来一把断了两根弦的吉他，扯开破锣一样的喉咙对那女人唱起了情歌。

那女人冲他说："你真讨厌！"

卡兰力以为女人说"讨厌"就是喜欢的意思，便伸出手想拉那女人的手。那女人急忙回到屋里对正在干活的波罗和波布说：

"你们的那个同伴实在令人讨厌，你们告诉他，我很讨厌他，不要再让他烦我！"

波罗和波布一听，才明白卡兰力原来是自作多情，便想捉弄捉弄他。

等下午收工的时候，波罗对卡兰力说那个女人是他从前的邻居，卡兰力一听，高兴极了，说："怪不得我看见她和你说话呢，你既然和她认识就一定要给我牵线。"

波罗答应了，但要卡兰力请客吃饭，卡兰力很高兴地请波罗和波布吃了饭。

过了一天，波罗对卡兰力说，那女人约卡兰力今晚去河边的一间废弃石屋里约会。卡兰力高兴得差点晕过去。

下午收工时，他对波罗和波布说："你们去我家告诉我老婆，就说我晚上被一个朋友请去喝酒，今晚不回去了。"

说罢，他直奔理发店，请理发师把他好好打扮打扮。

波罗和波布来到卡兰力家，对他老婆说了事情真相，他老婆大骂卡兰力。

晚上，卡兰力来到河边的石屋，见里面隐隐约约站着个女人,便笑着说:"亲爱的夫人,从我前天在井边见到你的第一眼起,我就爱上了你。你比我老婆漂亮多了,称得上天下第一美人……"

他还没说完,就见那女人朝他扑过来,嘴里骂道:"你这个不要脸的东西,竟然在外面找野女人!"

卡兰力仔细一看,竟是他老婆,转身就跑,不料却被老婆一把抓住,他老婆继续骂:"你上次是怎么怀孕的,一定是在外面找野女人怀上孕的,还骂我是个不吉利的女人,这回我要好好教训教训你。"

说罢,把他按倒在地痛打一顿。

语言描写

老婆愤恨异常,新账、旧账一起算,这次可以好好出一口恶气了。

女中豪杰

为了赢得五千块金币,安勃洛乔用不光彩的手段使贝纳卡夫人蒙受了不白之冤,六年后,贝纳卡夫人终于报了仇。

巴黎有家旅店,住进来几位意大利富商。一天晚上,富商们喝起酒来,都非常兴奋,七嘴八舌地交谈起来,最后,话题扯到各自留在家里的妻子上。

其中一个人来自热那亚,名叫贝纳卡,不断夸他的妻子贤惠聪明,品德高尚,年轻貌美,心灵手巧。接着,他又夸她会骑马,能写会算,精通账目,而且本领超过任何一个商人。这样赞美了一通之后,他又发誓说走遍天下,再也找不到比他妻子更善解人意、更纯洁的女人了。他深信,即使他十年不回去,或是终年在外,她也不会对别的男人有半点儿轻佻行为的。

在这些商人中,有一个年轻人,叫安勃洛乔,听到贝纳卡

叙述说明

在贝纳卡心里,他的妻子是极好的,是不会对他变心的,为后文做铺垫。

的夸口，失声笑了出来，说道："贝纳卡，我一向认为男人要比女人完美得多，要比女人有毅力、有恒心。意志坚定的男人都无法控制自己，往往会拜倒在女人的石榴裙下。那么你想，本来是意志薄弱的女人，怎么能够经得起一个男子的甜言蜜语、小恩小惠呢？"

语言描写
安勃洛乔认为女人是很容易被打动的。

贝纳卡反驳说："我承认，一个不知羞耻的蠢女人是会干出你所说的那种事来的，但是一个高尚的女人却会十分看重自己的名誉，我的妻子正是这样一个女人。"

"我这样对你说吧，我只要能够接近你那位纯洁无瑕的夫人，就能让她和我相好。"

两个人说着说着就动了肝火，打起赌来。

语言描写
贝纳卡愿意拿自己的生命来打赌，充分体现出他对妻子的信任。

"要是你可以把她骗到手，"贝纳卡愤怒了，"我心甘情愿地奉献出自己的脑袋。要是你没有得手，那么你只要拿一千块金币给我就可以了。"

"如果我赢了，"安勃洛乔说道，"我要你的脑袋有什么用？你可以拿五千块金币给我。现在我提出，从我离开此地，到热那亚去那天算起，我会用三个月的时间来诱惑你的夫人，而且要带来她最珍爱的物品，还有别的一些证据，好使你相信当真有这么一回事。不过你也要答应我一个条件，就是在这一段时期内，你不能回热那亚，也不能写信告诉她有这么回事。"

行为描写
贝纳卡十分痛快地同意了安勃洛乔的提议，并签订了契约。

"一言为定。"贝纳卡一口答应下来，当场签订了契约，把一切条件写得明明白白。

订好契约之后，贝纳卡仍旧留在巴黎，安勃洛乔呢，立刻动身前往热那亚。他花几天时间打听贝纳卡夫人的品行，才知道她真像贝纳卡说的那样冰清玉洁，这时候他心虚了，觉得自己真不该冒冒失失地打赌。

不过,他不久就认识了一个穷苦的女人,她经常去贝纳卡夫人家,深得她的信任。于是安勃洛乔就用金钱贿赂她,求她把自己装在一只大箱子里,运到贝纳卡夫人家,而且要抬进她的卧房。那妇人为了钱财,就照着他的吩咐,向贝纳卡夫人撒谎说,她要外出几天,想把一只箱子寄存在夫人家中。

贝纳卡夫人点头答应,把箱子放进了自己的卧室。

到了夜里,安勃洛乔估计夫人已经睡熟了,就从里面打开机关,悄悄地从箱子里爬了出来。

卧室里点着一盏灯,他借着灯光,观察房里的摆设,墙上的绘画,把每样东西都牢记在心里。他又走近床前,看见贝纳卡夫人和一个小女孩儿睡得正香,他轻轻揭开被子,看到贝纳卡夫人身体洁白无瑕,只有左边乳头底下有一颗黑痣,四周长着几根金黄色的茸毛。

他看清楚之后,又轻轻地把被子盖上,然后在她的衣柜里偷了一个荷包,一件睡衣,还有几只戒指和几条腰带。他把这些东西藏在箱子里,自己也躲了进去,关好了箱盖。

就这样,他在卧室里活动了两个晚上,贝纳卡的夫人竟然丝毫也没有察觉。

第三天,那个穷苦的女人来取走了箱子。安勃洛乔从箱子里爬出来,给了那个女人一些钱,就赶回了巴黎。

他把当初打赌时在场的商人都请来,当着大家的面向贝纳卡宣布,他已经赢了这场赌局。为了证实这一点,他先把夫人卧室里的陈设和墙壁上的图画绘声绘色地描述了一番,接着拿出带回来的东西,说这些都是贝纳卡的夫人送给他的纪念品。

贝纳卡承认卧室里的装饰确实像他所说的那样,也承认

叙述

安勃洛乔知道自己勾引不了贝纳卡夫人,想出卑鄙的诡计混进卧室。

细节描写

安勃洛乔去观察贝纳卡夫人卧室里的摆设、她睡觉的习惯和她身体上有什么特征。

叙述说明

安勃洛乔回到巴黎了。

叙述
贝纳卡并不相信安勃洛乔的证据,说明他此时仍对自己妻子的清白忠贞深信不疑。

这些东西是他夫人的。不过,他又说,安勃洛乔可以从他家的仆人那儿了解卧室的摆设,东西也可能是从他仆人那儿弄来的。所以,如果安勃洛乔再拿不出旁的证据,那么单凭眼前这点儿东西是不能证明什么的。

安勃洛乔得意地说道:"既然你还要我再拿出进一步的证据,那我就告诉你吧,你的夫人左边的乳头底下,有一颗很大的黑痣,黑痣周围长了六七根金黄色的茸毛。"

贝纳卡听了,就像有一把刀子扎进心窝,脸色大变。

第二天,贝纳卡把五千块金币如数交给安勃洛乔;自己怀着一肚子怒火离开巴黎,赶回热那亚,要去找"背叛"了自己的妻子算账。

叙述
贝纳卡无法原谅妻子的背叛,决定痛下杀手,安排仆人去做这件事,为后文仆人放走夫人埋下伏笔。

他来到热那亚城郊自己的一座别墅住下来,派了一个心腹仆人到热那亚去通知自己的夫人,请她到别墅里来相见。但是他私下嘱咐那个仆人,在半路上找一个下手的机会,把她杀了,再来回话。

仆人去接了夫人,在去别墅的路上,经过一个幽静的山谷,两岸是峭壁悬崖和森林,仆人一把抓住夫人的胳膊,一只手举起了刀。

夫人大吃一惊,说:"慢着,在杀我之前,总得让我知道是什么原因吧?"

仆人就对她说:"你一定做了对不起你丈夫的事,他派我来杀你。"

贝纳卡夫人哭着求道:"哎呀,看在天主面上,千万不要为了服从别人的命令,杀死一个从没得罪过你的女人!天主可以做证,我没有做任何对不起他的事。我有一个办法,既不让你犯罪,还成全了我,又让你对你的主人有所交代。你把我这一身衣裳拿去，把你的紧身衣和外套给我，你凭我这身衣裳，回去见你的主人，说是已经把我杀死了。我向你发誓，我会立即离开这儿，逃亡他乡，从此以后，再也不会让任何人听到我的任何消息。"

仆人本来就不愿杀人，听了她的话，见自己既不用开杀戒，又可以对主人有所交代，就放了她。

贝纳卡夫人把自己装扮成男人，改名叫西柯朗。

西柯朗来到海岸，碰巧遇到一位叫恩卡拉的西班牙绅士，那位绅士正把船停在这里装淡水。两人交谈起来，绅士见她聪明伶俐，很喜欢她，就收留她做了一个水手。

不久，那位绅士航行到亚历山大，他带了几头猎鹰上岸献给国王。国王几次设宴款待他，他都带了西柯朗前去。国王看见她侍候主人十分伶俐殷勤，很是欢喜，就向绅士开口，要把西柯朗留下来。绅士没法推托，只得把她留下了。

语言描写

贝纳卡夫人根本不知道发生了什么事，在这样危急的情况下她还能立刻想出应对之策，体现出她的机智聪慧。

叙述说明

绅士喜欢西柯朗的聪明，便收留了她。

西柯朗进了宫，一举一动都非常得体，不久，就得到了国王的宠爱。

时光飞逝，阿克地方举行一年一度的盛大集市，许多基督教和伊斯兰教的商人都要到那里去进行贸易，为了保护商人和货物的安全，国王决定派西柯朗前去。

西柯朗上任之后，勤勤恳恳办理公事，十分称职。她经常来回巡视，接触了许多从西西里、比萨、热那亚、威尼斯以及从意大利各地来的商人。

有一天，她走进一家威尼斯人开的铺子，在许多小玩意儿中间看见一个荷包和一条腰带，她立即认出这些是自己的东西，不觉大为惊奇。但是她并不多说什么，只问这些东西是哪儿来的，是不是卖的？口气十分平常。

原来，店主就是安勃洛乔，他从威尼斯装了一船货，来到这儿贩卖。他听见长官问起这些东西，就走上一步，笑着说：

"长官，这是我的东西，不是出卖的，如果你欢喜的话，可以奉送给你。"

西柯朗看见他笑起来怔了一下，心想莫非我有什么破绽，已经让他看出我的底细了？但表面上依然十分镇静，说道："你是因为看到像我这样一个军人忽然问起女人的玩意儿，觉得好笑吧？"

"长官，"安勃洛乔说，"我不是笑你，我是笑自个儿当初把这些东西弄到手的情景。"

"呃，想必运气很不错吧？"西柯朗不经意地问，"我倒很想听听。"

"长官，"安勃洛乔说，"热那亚有一位夫人，叫作齐纳芙拉，是贝纳卡的夫人。有一天晚上，我藏到她的卧室里，把这

叙述
西柯朗的工作需要与各地商人接触，为下文她遇见安勃洛乔做铺垫。

叙述说明
店主就是安勃洛乔，介绍了他来这里的原因。

语言描写
安勃洛乔用卑鄙手段骗取赌金，还因此害得贝纳卡对妻子痛下杀手，他却并不惭愧，反而还当作笑话看待。

些东西和另外一些东西都偷走了。我现在发笑，是想起了天下竟有像贝纳卡这样的傻瓜，说是我无论如何也没法儿把他的老婆勾引到手，还拿他的五千金币来赌我的一千金币。结果是我赢了。他丢了钱，又被气了个半死。为了这事，他从巴黎赶回热那亚，听说把自己的夫人杀了。"

西柯朗听了这话恍然大悟，这才知道为什么贝纳卡要把自己的爱妻置于死地。原来，自己的不幸遭遇都是眼前这个男人引起的，她暗暗发誓，决不能便宜了这个败类。

于是，西柯朗装作听得津津有味，后来，又常去和他亲近，关系十分密切，安勃洛乔把她看成了一个知己。集市结束之后，安勃洛乔就按照西柯朗的话，带了所有的货物来到亚历山大，西柯朗替他造了一座货栈，又拿出一笔钱来给他当作资金。安勃洛乔觉得交了这样一个好朋友真是大有前途，就乐颠颠地住了下来！

西柯朗一心要在丈夫面前证明自己的清白，后来终于通过城内几个热那亚的大商人，设法劝说贝纳卡来到了亚历山大。贝纳卡这时候已经穷困潦倒，西柯朗又托一个朋友收留了他。

西柯朗把安勃洛乔带进宫里去过，叫他在国王面前讲述自己的故事，给苏丹解闷。贝纳卡来到之后，她就找到一个机会，请求国王把安勃洛乔和贝纳卡两个一同召来，命令安勃洛乔在贝纳卡面前交代，到底跟贝纳卡的妻子有没有关系，如果他不肯实说，就用刑罚强迫他说出真相。

两人都来到宫中，国王当着众人，厉声命令安勃洛乔把他当初怎样跟贝纳卡打赌、怎样赢得五千金币的经过老实讲出来。

在这许多人中间，安勃洛乔最信赖的就是西柯朗，不料，

叙述说明
西柯朗终于知道自己差点惨遭丈夫杀害的原因，她决定要报仇。

叙述
弄清事情来龙去脉后，西柯朗开始暗中部署，一方面取得安勃洛乔的信任，一方面联系贝纳卡。

叙述说明
西柯朗把安勃洛乔带进了宫里。

她却满面怒容,比旁人还要无情,叫他赶快招认,否则就用严刑来对付他。

安勃洛乔经不起这样一再威逼,只得讲了当初的实际情况,暗中还在希望除了退还五千金币,交出偷来的一些物件以外,可以逃过其他的刑罚。

安勃洛乔叙述了事情的真相之后,这件案子的主审官西柯朗就回头问贝纳卡:"你听信了他的谎话,怎样对付你的妻子呢?"

贝纳卡回答说:"我输了钱,认为都是妻子让我出了丑,一气之下,就命令一个仆人把我的妻子杀了,据仆人回报,她的尸体当时就给狼吃掉了。"

双方的供词国王都听得清清楚楚,只是他还不明白西柯朗查究这件案子的用意是什么。正在疑惑,只听西柯朗向他说道:

"陛下,为了惩罚那个骗子,宽恕受骗人,我请求把那位夫人带上堂来当庭对质。"

贝纳卡一直以为自己的妻子早就死了,听到这里不免十分惊讶;安勃洛乔听了这番话觉得事情不妙,恐怕不仅是退出五千块金币就能了事,还不知道那位夫人一出庭,对他是凶是吉,只得惴惴不安地等待着。

国王答应了西柯朗的请求之后,西柯朗立即跪倒在地,哭泣起来,那男性的嗓音和气派一下子都消失了,她哭着说道:

"陛下,我就是那个苦命的齐纳芙拉,这六年来一直女扮男装,流落他乡。这个奸徒安勃洛乔用下流无耻的手段陷害了我,毁谤了我;而那个狠心的、不明是非的男人,却叫他手下的人杀我,把我的尸体扔给豺狼吃掉。"

心理描写

直到此时揭破真相之后,安勃洛乔仍然不知悔改,还心存侥幸想逃脱罪责。

语言描写

西柯朗说的这个骗子是谁呢?这位夫人又是谁呢?引出后文。

叙述说明

说明西柯朗是一名女性,她是要出庭做证的那位夫人。

国王一直把西柯朗当作一个男子,现在细端详,发现果真是一个俏丽的女子,就对她的忠贞和德行大大地赞美了一番。又吩咐侍从替她换上最华丽的女装,派了许多宫女侍候她。

同时,国王顺从了她的愿望,赦免了贝纳卡的死罪。他又下令把安勃洛乔所有的财产全部归齐纳芙拉所有,这笔财产有一万块金币呢。

细节描写

国王照齐纳芙拉的意愿,让她回到丈夫身边,并且拿回钱财。

国王又大摆筵席,款待女中俊杰齐纳芙拉和她的丈夫贝纳卡,此外还赏了她不少金银器皿、珍宝、现金,价值又在一万块金币以上。

夫妻俩带了大笔财富,高高兴兴地回到了故乡。故乡的人热烈地欢迎齐纳芙拉,盛赞她的才智和贞洁。

贪 吃 鬼

"茶壶"骗"布袋"饿了一天,"布袋"骗"茶壶"挨了一顿打。

女王请罗丽达给大家讲个故事,罗丽达说:

佛罗伦萨有两个人,都是好吃懒做,家境本来就不好,又贪吃,所以,他们只好去白吃。什么是白吃呢? 就是到别人家里去吃不花钱的饭。遇见谁家来了客人,他们就主动去那家陪客人吃饭,不管主人邀请没邀请他们,大家知道他们是那样的人,都很讨厌他们,把他们一个叫作"茶壶",一个叫作"布袋"。

叙述说明

叙述了"布袋"和"茶壶"两人外号的由来,人们厌恶他们。

这两个人之间也有矛盾,因为他们都认为对方抢了自己的生意。

一天清晨,二人在鱼市上见面了。"布袋"问"茶壶"来干什么,"茶壶"说:"你不知道吗? 新搬来的克索先生特别喜欢吃鱼,他让我帮他买几条又大又肥的鳗鱼。"

"布袋"一听,就打算到克索先生家吃一顿美味的鳗鱼,他本来准备回家吃早饭,但现在决定留着肚子,等中午到克索先生家多吃些。

快到中午时,"布袋"来到克索先生家,见他们一家都在祈祷,以为这是饭前祈祷,就跟着他们一起祈祷。他哪里知道克索先生家今天斋戒,一天不吃饭。克索先生还以为"布袋"也是虔诚的教徒,专门来一同斋戒的,就没有理会他。

转眼,午饭时间已经过了,"布袋"都快饿晕了,还不见开饭,就想:可能他们家吃午饭比较晚,于是,他忍着饿继续等。

太阳快落山了,"布袋"已经饿得有气无力了,他实在忍不住了,对克索先生说:"克索先生,要不要我去帮忙做饭呢?"

"不用,"克索先生说,"今天我们斋戒,一天不吃饭。"

"布袋"听后立刻昏倒在地。

第二天,"茶壶"在街上碰到"布袋","茶壶"得意地笑着说:"昨天,克索家的鳗鱼好吃吗?"

"布袋"知道"茶壶"在捉弄他,就说:

"你会知道它的滋味的。"

"布袋"偷偷找到一个小男孩,这小男孩是出名的机灵鬼,"布袋"对他说:"我给你一块钱,你替我捎个口信给住在东大街上的力普先生。你对他说,'茶壶'先生命令力普先生给他送去一瓶好酒,他要请客用。"

这个力普先生是个骑士,武艺高强,脾气火暴,一发脾气就打人。他一听小男孩这样说,立刻火冒三丈,骂道:"他这个浑蛋,也配命令我,我非把他揍扁不可。"

"布袋"又找到"茶壶",对他说:"我刚才去东大街,力普

细节描写
"布袋"专程去克索先生家吃白饭,却不知他们家斋戒一天,"茶壶"欺骗了"布袋"。

细节描写
"布袋"因为克索先生家不吃饭而受到了打击。

人物介绍
介绍了力普先生的为人,为后文"茶壶"的遭遇做铺垫。

先生正找你呢。"

"茶壶"以为力普找他是让他帮忙买鱼,心想,这回又能白吃一顿了,就兴冲冲地来到东大街,敲力普先生家的门。

力普先生开门一看大吼一声,上前抓住"茶壶"就是一阵拳打脚踢,一会儿工夫,"茶壶"被打得鼻青脸肿。力普先生边打边骂:"你有什么权力敢让我送酒给你,你活得不耐烦了!"

"茶壶"这才知道是"布袋"在报复他,他拼着命挣脱力普先生,逃回了家。

叙述

"茶壶"在挨了一顿打后,总算知道自己遭了"布袋"的报复。

所罗门的答案

一个青年问所罗门王怎样才能让妻子爱他,所罗门王说:"去爱她。"另一个青年问所罗门王怎样才能让凶恶的妻子变温柔,所罗门王说:"去故事桥。"

女王也为大家讲了个故事:

很久很久以前,以色列有两个青年,一个叫乔福,一个叫莫斯,他们都结了婚,但婚姻生活都不幸福。

乔福脾气暴躁,妻子做什么事他都看不顺眼,有时候在外面和别人生了气,回来却怪妻子,整天对妻子没有好脸色,不是打就是骂。妻子很害怕他,在他面前小心翼翼、战战兢兢。他看到妻子这副样子,又怪妻子对他不热情。所以,乔福觉得日子过得不舒心。

莫斯为人懦弱,却娶了一个厉害的老婆。那女人又高又大,总是嫌丈夫窝囊,每天至少骂莫斯一次,真是凶恶之极。莫斯逢人就说结婚真不好。

以色列国王所罗门,具有举世无双的智慧,什么困难问题

叙述说明

介绍了两个婚姻不幸福的男人。

人物介绍

介绍了所罗门的身份和地位,并且他智慧无双,为后文埋下伏笔。

他都能解决。所以,许多人都前往国王的驻地耶路撒冷去请他解决难题。

乔福就到耶路撒冷去请所罗门王解除他的烦恼。半路上,他碰到了莫斯,二人一聊,才知道他们都是请所罗门王解决问题的,就同路而行。

他们很快就到达了目的地。

所罗门王先接见了乔福,乔福讲述了他的烦恼之后,所罗门王说:"去爱她。"

语言描写

所罗门给乔福的办法是要去爱自己的妻子。

国王的侍从命令乔福退下,然后又带莫斯来见国王。

莫斯向所罗门王诉了苦,所罗门王说:"去故事桥。"

莫斯还没明白所罗门王话的含义,就被侍从带了出来。莫斯问侍从故事桥在哪里,侍从就告诉了他。

叙述

所罗门说话言简意赅,而莫斯不能理解。

乔福和莫斯一同来到故事桥。

他们看到几个商人赶着一队驴子也来到桥边。前边的驴子都顺利地过了桥,而最后的那头驴怎么也不肯过桥,商人怎么吆喝,它都不听,摇头摆尾,还要踢商人。商人急了,操起棍"乒乒乓乓"把驴子打了一顿,驴子老实了,乖乖地走过了桥。

莫斯说:"我明白了所罗门王让我来故事桥的意思,面对凶悍的女人不能迁就,要好好管教。"

二人离开耶路撒冷往回走,先到了莫斯的家,莫斯请乔福到家里做客。

叙述

体现出莫斯的老婆的无礼和冷漠。

莫斯的老婆见到他们二人,一脸冷冰冰,一句话都不对他们说。

莫斯对老婆说:"这是我的朋友,你去弄一只鸡来给我们吃。"

老婆转身端来一盘昨天吃剩下的咸豆说:"我没工夫做,凑合吃吧。"

莫斯十分生气,想起故事桥的驴子,便抓住妻子的辫子,把妻子痛打一顿。妻子连声求饶,说她以后再也不敢这样了,她立刻去做饭。莫斯仍然不停手,把妻子打得哭天喊地。

乔福见状,拉住莫斯说:"她已经悔改了,你就别再打了,所罗门王告诉我要爱妻子,我以前经常打妻子,认为那样妻子就会爱我,其实,那样的婚姻是不幸福的。"

莫斯接受了乔福的劝告,从此,乔福和莫斯都过上了幸福的生活。

语言描写
乔福明白了所罗门的话中的含义,他理解了爱。

女王的故事讲完了,大家就讨论起了男人和女人之间到底应该怎样相处才能幸福的问题。最后,他们一致认为应该把所罗门王说的两句话放在一起,这样才完美。

女王等所有人都讲完故事之后,对旁费洛说:"只有你还没有做过国王,明天你就走马上任吧!"

说罢她摘下桂冠,戴在旁费洛的头上。

语言描写
只剩下最后一个人没有做过国王了。

旁费洛说:"我很荣幸接受这个工作,前面各位做女王或国王时,都让大家过得十分愉快,我将继续努力,让大家像以前那样愉快。"

"明天大家讲的故事最好都围绕'慷慨'与'崇高'这两个词,因为人类只有具备了慷慨与崇高这样的品质,才能与动物区别开。"

大家都说这个主题好。

接下来,他们又像往常一样吃晚饭。晚饭后,大家愉快地唱歌。

欢乐的一天又过去了。

语言描写
旁费洛说明了他当国王时的故事主题,并且说明定这个主题的原因。

拓展阅读

名师点拨

第九天的七个故事围绕不同的主题展开，体现出十个人不同的人生观和价值观，同时表现出大家不同的爱好，而在这天结束之前定下的第十天的故事主题，让大家有思考和回忆的时间。

回味思考

1.西柯朗的真实身份是什么？
2."茶壶"是怎么欺骗"布袋"的？
3.大家认为男人和女人之间如何相处才能幸福？

好词收藏

清心寡欲　大吃一惊　喋喋不休　心不在焉　自作多情

好词收藏

难舍难离　喋喋不休　辩解　哆嗦　善解人意　不知羞耻

好句积累

🕐 院里有个年轻的修女，相貌秀丽，出身贵族，她的父母亲经常来院里看她。

🕐 她们连续守候了三个晚上，终于等到那个小伙子又溜进来与情人相会。

🕐 波布和波罗找到一个医生朋友，请他帮忙，商量了一个方法，一定要让卡兰力请他们吃饭不可。

🕐 卡兰力同意了，波布便去把莫力医生请了来。这个医生就是波罗和波布找来合伙骗卡兰力的那个朋友。

🕐 亚力克在里卢身上醒了过来，不由得哼了一声，里卢一听尸体哼了一声，吓得扔下尸体就跑。

🕐波罗和波布来到卡兰力家,对他老婆说了事情真相,他老婆大骂卡兰力。

🕐意志坚定的男人都无法控制自己,往往会拜倒在女人的石榴裙下。

🕐贝纳卡一口答应下来,当场签订了契约,把一切条件写得明明白白。

🕐到了夜里,安勃洛乔估计夫人已经睡熟了,就从里面打开机关,悄悄地从箱子里爬了出来。

🕐他把当初打赌时在场的商人都请来,当着大家的面向贝纳卡宣布,他已经赢了这场赌局。

🕐仆人去接了夫人,在去别墅的路上,经过一个幽静的山谷,两岸是峭壁悬崖和森林,仆人一把抓住夫人的胳膊,一只手举起了刀。

第十天

名师伴你读

旁费洛做了国王,果然勤于政事,天还没亮,他就把大家叫起来去外面呼吸新鲜空气。他带领大家来到一个山坡,向东方眺望。这时,一轮红日正从一块云后面爬出来。大家看着这轮鲜红的太阳,心里都特别激动,他们纷纷说国王的安排真好。大家在外面游玩了一个上午。午休以后,国王把大家召集到树下,开始讲故事。

好心的拉太

米力多为了争得乐善好施的好名声,决定杀死好人拉太,拉太却指点米力多如何杀自己,米力多深受感动,二人成了好友。

国王让菲陀拉多先给大家讲个故事,菲陀拉多高兴地答应了,他说:

在古老的东方城市卡坦,有一个年迈的长者,名叫拉太。他非常富有,但不像一般的有钱人那样贪婪吝啬,而是乐善好施,慷慨大度。无论是来拜访他的人,还是过路的客商,他都热情帮助,毫无吝啬;对贫穷的人,拉太更是乐于施舍,所以,他的美名一直传到遥远的西方。

住在土拜城的富翁米力多听说拉太的名声之后,也想得到同样的好名声,于是他开始施舍钱财给穷人。不久,人们都

人物介绍

对拉太的性格做了详细的介绍,并且简要交代了他的行善的事迹,为后文埋下伏笔。

说米力多也是个乐善好施的人。

米力多听到这些话,觉得不满意,他觉得他应该是全世界最乐善好施的人。

有一天,一个乞丐向米力多乞讨,米力多给了他一些钱。不料这个乞丐把钱放回家后又来向米力多乞讨,米力多又给了他钱。谁知,这个乞丐第三次来向米力多乞讨,米力多很生气,便没有给他钱,乞丐说:"我在卡坦城曾经连续九次向拉太乞讨,他都给了我钱,你才三次就不愿给钱了,看来你永远也没拉太乐善好施。"

语言描写
说明米力多并不是真正的乐善好施,拉太是真的善待穷苦人。

米力多听了这话妒火冲天,他想:"有拉太在,我就成不了世界上最乐善好施的人,我必须把他杀了,才能得到这个好名声。"

主意打定,他独自一人,骑着马,带上足够的钱,一路打听着,来到了卡坦城,住在一个旅馆里。

他走出旅馆,准备到外边打听一下拉太的住址。

在一棵大树下,他遇到一个衣着普通的老人,就上前问道:"我是从远方来的,想找拉太,你知道他住在哪里吗?"

"你算问对人了,"老人说,"再也没人比我和他更熟了,我领你去吧。"

语言描写
表现出老人的热心肠。

"不,"米力多说,"我现在不想让他知道我。"

于是,二人就聊起天来。

米力多问老人是谁,老人说他是拉太的仆人。米力多又说起了拉太乐善好施的名声。老人说:"其实,我最了解拉太,因为我跟随了他一辈子,他和别的人一样,没有什么特别了不起的地方。"

米力多一听拉太的仆人竟敢如此说他的主人,就猜他一定和拉太有很深的矛盾，说不定他还能帮自己杀死拉太。于是，米力多就把他来卡坦城的目的向老人说了，并叮嘱老人千万不能对别人说。老人答应了，并且说："我很理解你。拉太名声很大，自然会被忌妒。你为了好名声而施舍，这也是人之常情。你想做乐善好施的人，这也是好事。我老了，没有什么用了，不过，我可以告诉你，拉太每天早上都到城外的小树林去散步，你可以在那里杀死他。你杀死他之后，立刻回家，继续做乐善好施的事，会成为世界上最乐善好施的人的。"

语言描写
老人说自己理解米力多的行为，并且向他透露拉太的行踪，让他去杀死拉太，这是为什么呢？设置悬念。

二人分手后，米力多回旅馆准备好了刀，就睡了。

第二天一早，米力多骑马来到城外小树林边，看到不远处站着一个老人。他冲上前去，大喊一声："拉太，你别想活了。"

老人转过身，对米力多说："我昨天就准备好了。"

米力多一看，这老人就是昨天给他出主意的老人，米力多这时也明白，昨天的老人就是拉太。他想起了老人昨天说的话，深深感到愧对面前这个品德高尚的老人，他跳下马，扔了刀，跪倒在拉太面前哭着说："老人家，你宽广的胸襟和高尚的心灵感动了我，我看清楚了我的忌妒是多么无耻卑劣，竟然为了不属于我的名声而杀害好人，你惩罚我吧！"

语言描写
米力多意识到自己的错误，深深为拉太的胸襟而折服。

拉太扶起米力多，亲切地说：

"你不必难过，你乐善好施的行为是高尚的，你想成为世界上最乐善好施的人的想法更是了不起。我今年已经80多岁了，也做不了什么事情了，我愿意成全你，让世界上多几个乐善好施的人。"

米力多羞愧地说："不，你的话让我无地自容，我明白了好名声不是争来抢来的,更不是靠卑鄙的手段夺来的,而是靠自己努力换来的。"

从此,他们成了莫逆之交,米力多后来也成了世界上最乐善好施的人。

贤德的格丽雪达

为了考验妻子的贤德,圭蒂耶里一而再、再而三地给妻子出难题。事实证明,妻子是世界上最贤德的女人。

好久以前,萨卢佐有个侯爵名叫圭蒂耶里,30多岁了还没有娶妻,整天只顾打猎,根本不考虑结婚生子的事。

他的下属三番五次劝他早些结婚生子,将来也好有人继承他的爵位,国不可一日无主。侯爵想想,觉得也有几分道理。下属们便决定为他挑选一位门第高贵的贤淑小姐,可是圭蒂耶里却对他们说:

"各位,结婚是一辈子的事,万一娶的妻子不合心意,又怎么能共度一生呢? 我答应你们尽快结婚,但是妻子得由我自己来选,我自己选的人,我什么时候都不会后悔。我要强调的是,不管我选的妻子是怎样的人,不管她的出身有多卑微,既然做了我的妻子,你们都必须尊重她,就像尊重我一样。"

赤胆忠心的下属们个个点头称是,十分高兴他终于肯结婚了。他们立即着手筹办体面豪华的婚礼。

附近村子里有个穷人家的姑娘,她的神态风韵早就叫圭蒂耶里侯爵心有所动。侯爵觉得和她结为夫妻,一定会终身愉快美满。他不再另去物色对象,决心要娶她为妻。

转眼佳期来到,圭蒂耶里见前来向他道喜的人们都到了,就说："各位，现在应该去迎接新娘了。"

说着，他便和大家一同向一个村庄出发。

他们来到一户农民家门前，只见一个女孩提着一桶水，正急急忙忙赶回家来，因为她听说圭蒂耶里侯爵迎接新娘要打这儿经过，所以她要赶快把活干完，好跟女伴们一块儿去看热闹。

侯爵一看见她，就向她喊："格丽雪达，你的父亲在哪里？"

她顿时羞红了脸，说道："侯爵，他在家里。"

行为描写

圭蒂耶里侯爵独自去见格丽雪达的父亲，他会说些什么呢？吸引读者的阅读兴趣。

于是，圭蒂耶里下了马，叫大家在门外等他，他独自一人走进那间简陋的小屋，对女孩的父亲贾纽柯罗说：

"我这会儿到这儿来，为的是要娶格丽雪达为妻。您老人家同意吗？"

贾纽柯罗对这件事非常意外，但他见自己的女儿能有这样好的归宿，哪有不同意的？于是很高兴地答应了。

侯爵又说："可是我先要当着您的面，问她几件事情。"

接着，他便问格丽雪达："如果我娶你为妻，你是否愿意尽心尽意讨我欢喜？无论我说什么，做什么，你是否样样事情都能顺从我的心意？"此外，他又问了许许多多诸如此类的话。对所有问题，姑娘都回答说愿意。

叙述

大家没有听到圭蒂耶里对格丽雪达大父亲讲的话，因而不知道他想做些什么，感到十分奇怪。

于是，圭蒂耶里拉住她的手，把她领出院子，带到迎亲队伍那里，让她当着大家的面把身上的旧衣服统统脱掉，换上带来的新装，又把凤冠戴到她乱蓬蓬的头上。大家看到这番情景，都非常纳闷。侯爵就对大家说："各位，我要娶的就是这位姑娘。只要她肯嫁给我，我就要和她成亲。"

说着，他便转身对羞羞答答、意乱心慌的姑娘问道："格丽雪达，你愿意我做你的丈夫吗？"

她应声回答："侯爵大人，我愿意。"

他说："我也愿意娶你为妻。"

他就这样当众和她举行了婚礼，把她扶上一匹温驯的马，前呼后拥地迎回城堡去。

回到城堡里又大摆喜筵，真是豪华热闹，即使娶了一位法国公主，也不过如此了。

姑娘梳洗打扮之后，顿时容光焕发，仿佛换了一个人，越发显得娇媚可人，雍容大方，看来不像是农民的女儿，不像是一个牧羊姑娘，而俨然是一位出身高贵的千金小姐。凡是以前见过她的人，现在都惊奇不已。

婚后，格丽雪达对丈夫百依百顺，体贴得无微不至，侯爵觉得自己是天下最幸福的人了。她对待百姓宽厚仁爱，人人都心悦诚服地爱戴她，尊重她。

刚结婚时大家总是说，圭蒂耶里娶了一个农村女人真是失策；现在大家都说侯爵是个极其精明的人，因为除了他以外，天下再也没有第二个人能够透过她的破烂衣服，看得出这个农家女子身上隐藏着这样崇高的美德。

不久，格丽雪达的贤淑远近闻名。

格丽雪达不久就怀了孕，生下一个女儿，圭蒂耶里非常欢喜。可是没过多久，他忽发奇想，要叫她多受些折磨，经历一些忍无可忍的事情，以便试试她有没有耐心。

他先是装出一脸烦恼的神情，对格丽雪达说，百姓们因为她出身贫贱，都看不起她，尤其是看到她生了女孩儿，他们都口出怨言，议论纷纷。

他妻子听了他这番话，面色平和地说："我的主人，只要能使您摆脱困境，保全您的尊严，我就心满意足了，您怎样处

叙述说明

姑娘换了一身衣服，梳洗打扮之后姿容更甚，拥有一位名门小姐的风度，让人称奇。

心理描写

圭蒂耶里会想出什么办法来考验格丽雪达呢？

置我都可以。我出身贫贱，不值得您如此看重。"

圭蒂耶里听了她的答话非常高兴，因为他从这番话里知道她妻子虽然备受他和他下属们的尊崇，却并没有因此而滋长骄傲的心理。

又过了些日子，圭蒂耶里对一个侍从如此这般地吩咐了一番，于是侍从到格丽雪达那里，满面忧伤地说："夫人，我不得不按照主人的命令办事，不然我就没命了。主人命令我把您的亲生女儿带走……"

侍从说到这里，就停住了。

格丽雪达听了这话，再看看侍从悲伤的神情，不由得想起丈夫前几天前对她说的话，猜测侯爵派人来，是要把她的亲生女儿抱走处死。她虽然心如刀绞，悲痛万分，可仍然把女儿从

语言描写

格丽雪达为了满足自己的丈夫，接受他的任何决定。

语言描写

侍从对夫人说要带走她的亲生女儿。

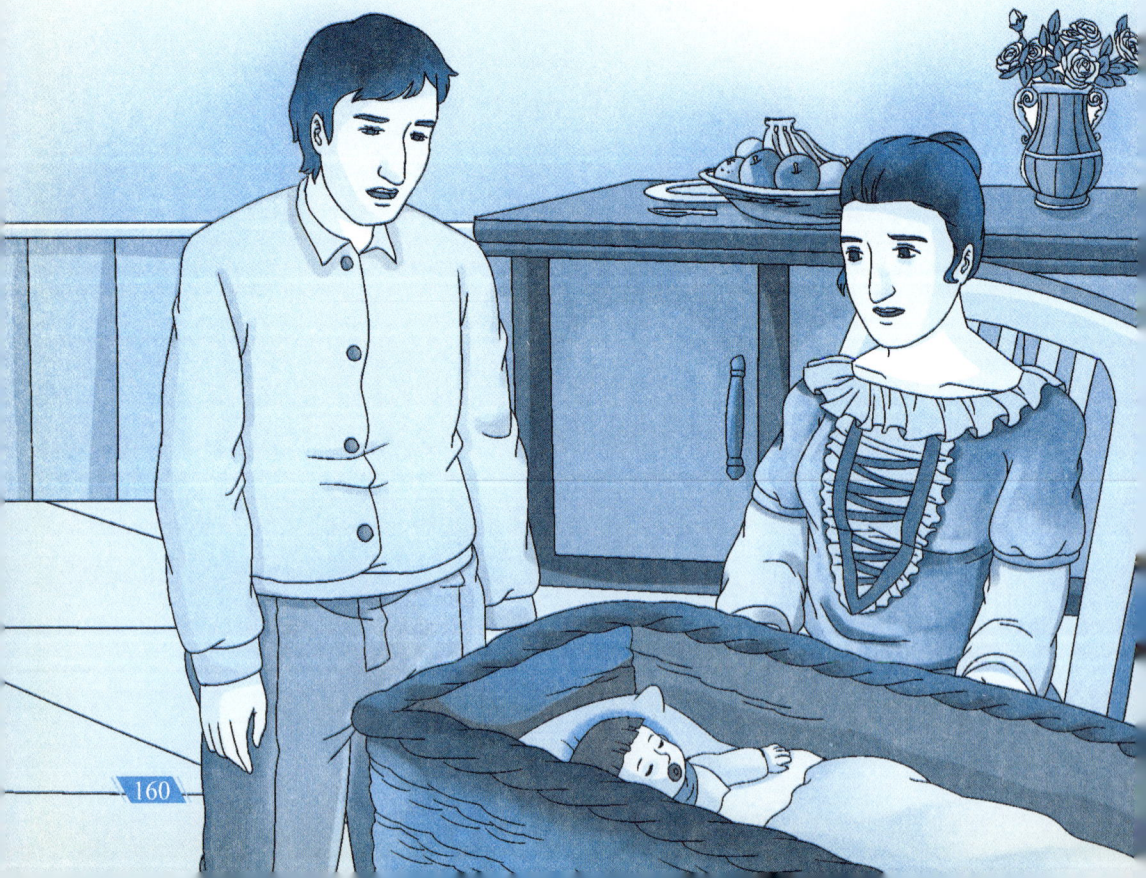

摇篮里抱起来,吻了吻她,又为她祝福了一番,就把女儿交给了这个侍从,说道:"按主人的吩咐办吧。只是别把这孩子弃尸荒野,除非主人吩咐你这样做。"

侍从把女孩交给侯爵,又把格丽雪达所说的话向侯爵说了。侯爵被妻子的顺从感动得几乎流出了眼泪,但他仍然吩咐这个侍从,把女儿送到波伦亚一个亲戚那里去,求她悉心把孩子抚育成人,但不要让别人知道是他的女儿。

后来,侯爵夫人又怀了孕,生下一个男孩,她的丈夫欣喜若狂。但是,他觉得给妻子的考验还嫌不够,决定要给她一个更严酷的考验。

有一天,他又装出满脸的忧愁,对她说道:"夫人啊,自从我们的儿子降生以后,百姓们常常在我面前抱怨,他们无法容忍将来由贾纽柯罗的外孙来承袭爵位。看来,我们不得不再次承受失去骨肉的悲痛,如果不这样,我的爵位势必难保。到头来,他们会让我休了你,再续新室。"

他妻子心平气和地听完后,镇定自若地回答:"尊贵的侯爵,您不必为我考虑,只要能使您得到快慰,对您所做的事,我决不会有任何异议的。"

几天后,圭蒂耶里又玩起当年送走女儿的那套把戏,把他们的儿子同样送到了波伦亚。他妻子依然像上次一样任凭他处置孩子。圭蒂耶里感慨万分,他知道妻子对孩子疼爱有加,其实根本舍不得离弃他们,然而为了顺从丈夫,她毅然决然地这样做了,这怎能不令他感动呢?

他的下属们以为他当真把亲生儿女处死了,都严厉地指责他,说他是个残酷的暴君,都很同情他的妻子。每逢有人来安慰格丽雪达,她总是说,既然是儿女们的生身父亲这样决

行为描写

格丽雪达猜测圭蒂耶里想要处死自己的女儿,但她仍然愿意那么做,独自承受丧女之痛,只为了爱自己的丈夫。

叙述

说明格丽雪达接受丈夫的任何决定,因而她才能那么平和。

叙述

圭蒂耶里侯爵的下属对侯爵的行为感到不解,认为他是一个暴君,因而十分同情格丽雪达。

定,她当然不会有别的想法。

一晃又过了好多年,在失去孩子的这些年里,格丽雪达的生活过得很平静。然而,丈夫对她的考验仍没有结束。这一天,圭蒂耶里当众宣布他打算休了妻子,再续新人。他说,当初他的决定太草率了,他已经不爱格丽雪达了。

格丽雪达听了有如万箭穿心般难过。她难过,并不是因为日后贫困穷苦的牧羊生活,而是她不忍心看到她所钟爱的丈夫被别人占有。

叙述

陈述了格丽雪达对丈夫深深的爱。

她爱他,始终都是那样深爱着他。然而,命运和她开了一个又一个玩笑,她知道天命不可更改,所以也就认了。无论丈夫对她做什么,她从来都只有顺从。

不久,圭蒂耶里就派人把格丽雪达召来,当着众人的面跟她说:"我的世代祖先都是公侯权贵,而你的祖先都是些庄稼人,所以我再也不能让你做我的妻子了。你可以回到你父亲贾纽柯罗家里去,把你带来的嫁妆都带回去。我要另娶妻子,而且已经找到了一位配得上我的小姐。"

格丽雪达到他这样说,好不容易才克制住没有哭出来。

她回答道:"爵爷,我是一个卑微的农家女子,自知配不上您,承蒙您的厚爱,让我服侍了您这么多年,我的幸福是您赐给我的,您当然可以收回,我愿意把它奉还。还有,您给我的结婚戒指,我也一起还给您。至于嫁妆,您不必费心,我是赤条条来到府上的,如果您要我赤身裸体地从这里走出去,我也一定照办,但请您看在13年的夫妻情分上,允许我穿着内衣回去。"

语言描写

格丽雪达怀着感恩的心爱着圭蒂耶里,他让她离开,她愿意舍去一切,只穿内衣离开。

圭蒂耶里听了他妻子的话心里很不是滋味,可是他尽力装作不以为然的样子,说道:"好吧,你可以穿一身内衣走。"

在场的人都恳求侯爵让她再穿一件外衣,不能叫她如此丢脸出丑,光穿一身内衣走出侯爵的家门。但是不管大家怎样苦苦恳求都是白费口舌。

于是,格丽雪达摘下首饰,光着脚,只穿一身内衣,走出侯爵的家门,回娘家去了。

在场的人看见她落到这样的下场,没有不为她长吁短叹伤心落泪的。

贾纽柯罗自从女儿出嫁以后,始终不相信圭蒂耶里真心诚意地娶他女儿为妻,每天都担心会有这种不幸的事情发生,所以一直保存着她出嫁那天早上脱下来的衣服,现在,见女儿果然被赶回家来,便拿出来让她穿上。

从此,格丽雪达依旧像往常一样,帮着父亲操劳家务,默默地承受着命运带给她的沉重打击。

圭蒂耶里把格丽雪达赶走后不久,便向他的臣民扬言,说他已经看中了巴那戈伯爵的一位小姐,吩咐他们为他筹办婚礼大典。

同时,他又派人去把格丽雪达接了来,对她说道:"我马上就要和一位小姐成亲了,我打算好好地让新娘风光一下。你也知道举行这样一次盛大的典礼,得收拾多少间屋子,有多少事情等着安排,我身边却找不出一个适当的女人来担当这些事情,而你对于府内的事比谁都熟悉,所以请你来主持一切,并且把附近一带你认为配得上出席这次婚礼的太太小姐都请来,你要以女主人的身份接待她们。等到喜事办完,你就可以回家去了。"

格丽雪达听了这些话,真好比万箭穿心,因为她虽然甘心放弃做夫人的荣华,可是她依然舍不得把自己的丈夫割爱给

叙述说明

大家都为格丽雪达感到不值,同情她的遭遇。

心理描写

圭蒂耶里要结婚了,却让格丽雪达为他准备婚礼,并告诉她,婚礼过后,她就可以回去了,这可真是残酷的考验。

163

别人。不过,她还是这样回答道:"我的主人,我听候您的吩咐。"

于是,她就穿着一身粗陋的土布衣服,走进了她不久以前穿着内衣走出来的那座城堡,像一个料理杂务的女用人一样,辛勤劳苦,夜以继日,把一切都安排得井井有条。

叙述
粗陋的旧衣服依旧掩不住格丽雪达的风姿,她雍容大方,贵夫人的形象已经深入骨髓,体现了她的贤惠。

接着,她又以圭蒂耶里的名义,向附近有名望的太太小姐发出邀请。

到了婚礼那天,她依旧穿着一身粗陋的衣服,接待赴宴的宾客,和颜悦色,雍容大方,俨然贵夫人风度。

再说圭蒂耶里,他把两个儿女交给波伦亚的巴那戈伯爵夫人悉心抚育,如今,他的女儿已经12岁了,出落得美貌绝伦,儿子今年也已经6岁了。圭蒂耶里写信给巴那戈伯爵,请他把儿女送回来。

新娘被迎入客厅,衣衫破旧的格丽雪达走上前来,笑容可掬地对她说:"欢迎你,夫人!"

叙述说明
圭蒂耶里不让格丽雪躲在房间里,也不许她换体面的衣服。

女宾们早就央求圭蒂耶里让格丽雪达躲在房里,如果让她出来应酬的话,就让她换上一件体面的衣服,免得在外人面前丢脸,可是圭蒂耶里说什么也不肯答应。

宾客们都已入席就坐,等待婚宴开始。大家不停地打量着少女,都夸新娘貌美如花。格丽雪达也对新人和她的小弟弟赞不绝口。

心理描写
圭蒂耶里会怎么解除格丽雪达的痛苦呢?引出后文。

圭蒂耶里认为格丽雪达的耐力和宽容确实令人叹服,经受住了自己对她的残酷考验。并深信她的言行不是麻木愚蠢,而是贤德。她表面上虽然从来不曾流露出一丝半点儿幽怨,内心里一定隐藏着巨大的痛苦,现在应该是解除她痛苦的时候了。于是,他把她叫到面前来,当着大家的面,笑容满面地对她说:"你看我的新娘怎么样?"

格丽雪达回答道："大人，我觉得她又漂亮又温顺，您和她结了婚，一定是天下最幸福的男人。不过，我要诚心诚意地请求您，千万不要像对待你的前妻那样对待她了，我看她是经受不起那些折磨的，她年轻娇弱，是蜜罐里泡大的，而你的前妻从小就过惯了苦日子。"

自己的位置就要被别人取代了，可是她却毫无怨言，圭蒂耶里就叫她在身边坐下，对她说道："格丽雪达，我叫你受这么多罪，是为了教你怎样做一个贤德的妻子，让别人尊重你，我和你能够和睦偕老。事实证明你是一个贤德的女人。现在，我要把我一次次从你身上剥夺的幸福，一下子都归还给你。告诉你，这姐弟两人就是你我的亲生儿女。我作为你的丈夫，爱你胜过一切。我可以自豪地说，世上再也没有第二个丈夫能像我一样有如此满意的妻子了！"

他这样说着，把格丽雪达抱过来吻了又吻。格丽雪达高兴得哭了起来。圭蒂耶里连忙带着她走到听得目瞪口呆的儿女跟前，深情地抱住姐弟两人。

圭蒂耶里这才把事情的真相从头到尾跟大家讲了。

大家听了这个残忍的故事，都替格丽雪达鸣不平，大家都认为圭蒂耶里给他妻子的多次考验太狠心了。除了格丽雪达，世上哪里还会找出第二个女人，遭遇这种没有人性、闻所未闻的考验，能够默默地忍受下来？难道女人就应该这样逆来顺受吗？

几天以后，圭蒂耶里把格丽雪达的父亲接到府里来住，对他百般照料，使他安享晚年。他和格丽雪达幸福地生活了一辈子。

语言描写

圭蒂耶里的理由冠冕堂皇，将格丽雪达13年所受的罪说得云淡风轻，这一切只是为了让自己拥有一个贤德的妻子，只为考验妻子的贤德，真是讽刺。

设置疑问

两个问句表现出了人们对圭蒂耶里这种试探行为的不满。

杰地的善行

一个孕妇得了急病,家人误以为她死了,就埋葬了她。她的一个爱慕者把她从坟中救活,并把已分娩的她送还给丈夫。

轮到罗丽达讲故事了,她说:

那不勒斯有个年轻的贵族名叫杰地,他十分爱慕尼力乔夫人,但尼力乔夫人十分遵守妇道,她只爱自己的丈夫尼力乔。杰地很失落,正好附近的木纳城有个空缺的职位,长官派杰地去就任。杰地一想,出去散散心也好,就去了木纳城。

过了一段时间,尼力乔先生外出经商了,尼力乔太太一个人在家,这时她已经怀孕了。不料,她忽然得了一场急病,亲戚们便找来医生,但病情越来越重,医生诊断她已经死了。亲戚们为她举行了葬礼,把她埋在教堂外的墓地里。

杰地的一个朋友知道他爱慕尼力乔夫人,便立刻把消息告诉了他,杰地听到消息,连夜快马赶到那不勒斯。

他来到墓地,站在尼力乔夫人坟边,痛哭流涕。他想,夫人活着的时候,却没吻过她,现在,他要吻她一下。

于是他挖开坟,钻进墓室,弯腰吻了一下夫人的脸。当他的手碰到夫人的胸口的时候,忽然觉得夫人的心还在跳动,又仔细摸了摸,夫人的心的确在微微地跳。他立刻把夫人抱出了墓室,用马驮回了家。他敲开门,母亲问他怎么半夜里从木纳城回来了,他就把经过给母亲讲了一遍。

母亲赶紧把尼力乔夫人放在床上,并用热水擦洗。

过了一会儿,夫人醒了过来。她见站在旁边的是曾经追

叙述说明
杰地被爱情伤得很深。

心理描写
叙述了杰地对尼力乔夫人深深的爱,设置悬念。

叙述说明
杰地发现夫人还有心跳。

求过她的杰地和他母亲时，便问是怎么回事，杰地便告诉了她事情经过。

夫人很感谢杰地，并想让杰地送她回家。

杰地说："夫人，你不知道，我是从木纳城匆匆赶回来的，那里还有我的工作，我的任期很快就结束了。到那时，我会当着全城重要人物的面，把你交给你丈夫。你只管放心住在这里，我母亲会照顾好你的。"

语言描写

杰地暂时没时间将尼力乔夫人送回去，便让她安心休息，等他工作结束再送她回家。

这时，夫人忽然感到腹中疼痛，不久便生下了一个男孩。

杰地安顿好尼力乔夫人母子，又连夜赶回了木纳城。

没过多久，杰地的任期就满了。他回到那不勒斯，便邀请了全城的重要人物来他家中参加盛大宴会，其中包括尼力乔先生。

宴会上，杰地对大家说："我有一个问题想请教各位，一个忠心耿耿的仆人得了重病，他的主人粗心地认为他已经没有救了，便把他抬到外边不管了。另一个人路过此地，救活了仆人，把他留在自己家里，而他以前的主人却想要回仆人，第二个主人不想归还。请问，以前的主人应不应该指责第二个主人呢？"

语言描写

杰地并没有直接请出尼力乔夫人，而是用故事的形式让大家回答自己的问题，为后面他的目的做铺垫。

客人们议论纷纷，这时，尼力乔先生发表了他的意见，他认为前一个主人既然把仆人抬到外面，就是主动放弃了权利，后一个主人救活了仆人，就有权留下仆人，前一个主人不应该指责后一个主人。

杰地听后高兴极了，立刻请出了尼力乔夫人。当人们看见这个怀抱婴儿的女人酷似尼力乔夫人时都大吃一惊。尼力乔先生更是急于知道这女人究竟是谁。

杰地向大家讲述了事情真相。

尼力乔激动地上前抱过孩子亲了又亲,杰地又说:"尼力乔先生,正如你说的那样,夫人应该归我所有,但是,我看到夫人一直很爱你,还是决定把他们母子送还给你,让我做孩子的教父吧。"

从此,杰地成了尼力乔一家的好朋友。

慷慨的人

贝洁夫人为拒绝艾多的求爱,让他把冬天的花园变成春天的景象。艾多请来巫师,实现了夫人的条件。艾多为贝洁先生的慷慨所感动,让巫师收回了法术。

艾米拉也给大家讲了个故事:

意大利北部山区有一个青年贵族名叫艾多,他爱上了当地的一个贵妇贝洁夫人,多次向她求爱,都遭到了拒绝,他不死心,又一次向她求爱。

贝洁夫人很厌烦,就想刁难刁难,让他死了这份心,于是对他说:"如果你帮我办成一件事,我就答应你。"

"什么事?"艾多说,"不管多难,我都努力办到。"

"现在正是冬天,我的花园里,树木凋零,花草枯萎,你能帮我把花园变成像春天那样草木茂盛、鲜花怒放吗?如果你不能,那么以后不要来打扰我了。"

"我试试看。"艾多说。

艾多回去以后,到处打听如何使冬天的花园变成春天景象。正巧,一位巫师说他能做到,不过要很多钱,艾多毫不犹豫地把他请了来。

晚上,巫师施展法术,果真使花园变成了春天的景象。

第二天,贝洁夫人起床一看,花园真的成了春天的样子。她愁眉苦脸地坐着发呆,贝洁先生见妻子这副模样,便问她怎么了。无奈,贝洁夫人就把昨天的事告诉了丈夫。丈夫跑到花园一看,一点不假。他对妻子说:"我知道你这样做是为了拒绝他,但你不该拿自己的贞操去开玩笑,还做出那样的承诺。既然你答应了他,我就给你这个权力,你可以去满足他,但你不能把心也交给他。"

贝洁夫人哭着答应了。

于是,她带着几名仆人来到艾多家。

艾多把夫人让到客厅就座,夫人说:"我已经看到了变成春天模样的花园,并且把这件事告诉了我丈夫,他说既然我已经做了承诺,就应该来。我今天来只是听从我丈夫的话,我可以满足你的要求,但我决不会爱你的。"

艾多听后,觉得贝洁先生的豪爽和慷慨是天下任何男人都做不到的。而且诚实守信用的品质也是别人不能比的,与贝洁先生的崇高品质比起来,自己的欲望真是太卑微了。于是,就把他所想的告诉了夫人,并请夫人回家,转达自己对贝洁先生的敬意。

夫人听了十分高兴,说:"艾多,你同样是慷慨而高尚的人。"

夫人走后,艾多把刚才发生的事告诉了巫师,并说:"虽然我的愿望没有实现,但是我还是把应该给你的报酬给你。"

说罢,就让人拿钱来。巫师说:"这钱我不打算要了。贝洁先生和你都如此慷慨豪爽,我也不能这么斤斤计较。"

说罢,巫师收回了法术,然后离开了艾多家。花园也变回了冬天的样子。

此后,艾多再不打扰贝洁夫人了,他和贝洁先生也成了

语言描写
表现出贝洁先生的仗义和慷慨。

叙述说明
艾多在听了贝洁夫人的话之后,十分佩服贝洁先生,于是改变了主意。

语言描写
巫师也是一个慷慨的人。

朋友。

国王与孪生少女

年迈的国王认识到自己爱上一对孪生少女是件荒唐
的事,就把她们许配给了两个青年贵族。

国王吩咐菲美达给大家讲故事,她说:

从前有个国王,年轻时南征北战,东挡西杀,终于平定了
天下。晚年仍然勤于朝政,出巡视察,所以国家太平,人民安
居乐业。

一次,他来到一个小城视察,见到市场繁荣,人民生活幸
福,就很高兴。他听说当地一位贵族有一个美丽的花园,便前
去观赏。

国王带着一位伯爵和其他侍从来到花园,见花园果然漂
亮,树木葱茏,鸟语花香,池塘里波光粼粼,鱼在清澈的水中自
在地游来游去。

花园的主人已经在池塘边摆好了宴席,国王入座,花园主
人和伯爵在左右陪坐,大家开怀畅饮,谈笑风生。

这时,两个少女,手里拿着小小的渔网,走到池塘边。国
王打量着这两个少女:身穿白色长裙,个头一样高,相貌非常
相似,都生得美丽无比。国王不觉动了心,眼睛一眨不眨地看
着她们。只见她们慢慢走进池塘里,在齐胸深的水中用小鱼
网捉鱼,捉到一条,扔到岸上。岸上的仆人这时已经升好火,
架好锅,拾起小鱼放在锅上煎,煎好后,端到桌上。国王看着
这两个少女捉鱼的样子更加可爱,连鱼都顾不上吃。两个少
女不一会儿就捉了十几条鱼,等鱼煎好上桌之后,她们就上岸

离开了花园。

国王问花园主人这两个少女是谁,主人说是他的两个女儿,她们是孪生姐妹。国王又问她们可曾许配人家,主人说一时还没找到合适的人家。

这时,最后一道菜上来了,宴会也快结束了,国王很有点失落。宴会结束后,国王带领侍从恋恋不舍地离开了花园。

回到住地,国王心里一直想着两个少女,无心处理政事,他决心把这两个少女带回宫去。于是,他就把随行的伯爵找来商量此事。

叙述说明
国王爱上了两个少女,甚至到了无心处理政事的地步。

伯爵为人正直,对国家忠心耿耿,他听了国王的打算以后,当即表示反对,他劝国王以身体为重,朝政为重,现在虽然天下太平,但仍有许多隐患,所以现在不是纵情享乐的时候。他还举了许多古代暴君好色丧国的例子。

国王听后,考虑了许多,他觉得自己实在不应该有这荒唐的念头,这不但于己不利,而且还害了两个少女的青春。

想到这些,国王决定离开这个小城,早日回京。

后来,国王做主,把两个少女嫁给了两个青年贵族,还送给她们丰厚的陪嫁。

心理描写
国王为了让自己回归正常状态,准备远离两位少女。

好 兄 弟

卡托爱上了杰布的未婚妻,思虑成疾,杰布便把未婚妻让给了卡托。杰布遭到大难,投奔卡托,产生误会,便冒充杀人凶手,只求一死。卡托为救杰布,自称是凶手,凶手被二人的友谊感动,投案自首。

国王命令菲罗美娜讲故事,她讲道:

叙述说明
介绍了卡托和杰布的关系,两人从小一起长大。

雅典有两个青年,一个叫杰布,一个叫卡托。卡托的父亲住在罗马,父亲把他送到雅典读书,托付给朋友管教,这朋友就是杰布的父亲。所以,杰布和卡托从小一起长大,朝夕相处,情同手足。

杰布的父亲去世后,亲戚们觉得杰布应该娶妻成家,就让他和一个名叫丝罗亚的贵族姑娘订婚。

卡托看到美丽的丝罗亚后不觉爱上了她,每天都想着她的样子。可是,卡托觉得爱上好朋友的未婚妻是一种犯罪,便深深责备自己。但是,卡托太爱丝罗亚了,以至于无法从这种痛苦中摆脱,就思虑成疾,一病不起。

杰布问他为什么生病,卡托支支吾吾地不愿讲出实话。到后来,卡托觉得快要死了,便向杰布讲出了真情。

杰布思考了一会儿,对卡托说:

语言描写
杰布将自己的未婚妻让给了自己的兄弟卡托。

"我很爱丝罗亚,但是,可以看出你对她的爱要远远胜于我对她的爱,她应该嫁给更爱她的人。你和她结婚吧。"

卡托听了这话,心里不知是高兴还是羞愧。他更加觉得自己不该爱丝罗亚,就表示不娶她。

叙述说明
卡托同意娶丝罗亚了。

杰布认为先救好朋友的命要紧,就极力劝说卡托。卡托被他的真诚感动了,答应娶丝罗亚。

杰布又找到丝罗亚,对她说了卡托的事,刚开始丝罗亚不同意。后来,经过杰布的劝说,她觉得应该嫁给更爱她的人,就同意嫁给卡托。

卡托得到丝罗亚同意的消息后,对杰布说:"今后,我会用生命来报答你。"

就这样,卡托和丝罗亚结了婚。

不久,从罗马传来消息,卡托的父亲去世了,卡托就带着丝罗亚回到了罗马。

几年后，杰布遭到了一场意想不到的大难。原来，杰布的家族受到和他们有世仇的另一家族的陷害，被判全家流放，逐出雅典。

杰布失去了财产，孤身一人流浪，他想到了远在罗马的卡托，便历尽艰辛，千里迢迢来到了罗马，这时杰布已经完全是乞丐模样了。

他打听到卡托在罗马继承了父亲的遗产，日子过得很好。他来到卡托家门前，这时，正好卡托从里面出来。他想上前和卡托打招呼，但是，卡托面无表情地看了他一眼就走开了。卡托根本没有认出形同乞丐的杰布，而杰布却伤心地认为卡托早已把他忘记。

杰布心如刀绞，他没有想到卡托竟是这样无情无义，便后悔当初看错了人。

杰布一气之下离开了罗马城，他万念俱灰，对生活失去了信心，只想快点死。

他来到城外的一个山洞里，躺下来，不一会儿就睡着了。

天快亮的时候，他被吵醒了。他看到山洞里有两个人在吵架。原来，这是两个强盗偷了东西后，来到山洞分赃。由于天黑，两个盗贼根本没有看到躺在地上的杰布。二人由于分赃不均，打了起来，一个盗贼把另一个打死了。这个盗贼见出了人命，就扔下尸体，逃出了山洞。

杰布见此情景，心想："这正是一个我求死的机会，我干脆冒充杀人凶手，让法官把我处死算了。"于是，他就躺着没走，等人来抓自己。

这时，追捕盗贼的士兵进了山洞，把杰布抓进了监牢。

叙述说明

杰布遭受大难，失去全部家财，所以他准备去投靠卡托，结果会如何呢？引出后文。

叙述说明

杰布一心求死，为后文做铺垫。

心理描写

从这里可以看出杰布是真的不想活了。

法官审讯,杰布供认自己是凶手,法官就判他上十字架钉死。

无巧不成书,卡托也来法庭观看审判,他听旁边的人说了案件经过后,就看了看罪犯,觉得这个罪犯很面熟。忽然他认出了这个罪犯就是好朋友杰布。于是,他快步走到法官面前说:

"法官大人,我是杀人凶手,他是无辜的,你钉死我吧!"杰布这时看到了卡托,心里明白卡托是为了报答他才这样做的,就对法官说:

语言描写

杰布和卡托都说自己是杀人凶手,想为对方去死,体现出两人之间深厚的情谊。

"法官大人,他是我的好朋友,他为了救我,才说自己是凶手的,我才是真正的凶手。"

"不,"卡托对法官说,"你看他面黄肌瘦,哪有力气杀死一个强壮的盗贼,他是为了救我,才说自己是凶手的,我才是真正的凶手。"

法官听到这里,才明白二人都不是凶手。

这时,从人群中走出一个人,对法官说:"法官大人,我才是真正的凶手,他们两个人的友谊感动了我,让我觉得良心不安,我不能让两个好人替我受惩罚。"

法官讯问他杀人细节,他对答如流,而且和杀人现场完全相符。

叙述说明

杰布和卡托解除了误会,而杀人凶手也因悔过自新而减轻刑法,算是大团圆结局。

于是,法官当场释放了杰布和卡托。真正的杀人凶手,因为能够悔过自新,而减轻了刑罚。

此后,卡托把杰布接到自己家,生活在一起。

国王和养鹰人

土拉罗救了乔装成商人的埃及国王索丁的命。土拉罗参加十字军被俘,在索丁王的宫中做养鹰人,索丁王认出了他,给他优厚的待遇。土拉罗和妻子约定的最后期限就要到了,索丁王让巫师作法送土拉罗赶上妻子改嫁的婚礼。

国王亲自给大家讲了一个故事,他说:

当年,信奉基督教的国家为了收复圣地耶路撒冷而组织了十字军东征。埃及国王索丁为了做好防御,决定亲自前往西方国家侦察情况。他和几个随从打扮成商人模样,骑马前往欧洲。

一天黄昏,在前往热那亚的路上,他们遇到了几个强盗,双方展开厮杀。眼看要失败的时候,来了一群骑马打猎的人,帮他们打退了强盗。

叙述说明
索丁王遇到几个打猎的人,得救了。

索丁王向他们表示感谢,并问在天黑前能不能赶到热那亚城。那几个人中为首的说:

"恐怕不行,而且这城外也没有旅店。如果你们不嫌弃,就到我的庄园里住一夜吧。"

索丁王答应了。从路上的攀谈中,索丁王得知为首的这个人是热那亚的一位绅士,名叫土拉罗。他带着仆人打猎,在回庄园路上救了他们。索丁王告诉土拉罗,他是塞浦路斯商人,前往巴黎做生意。

叙述说明
索丁王知道了土拉罗的身份。

土拉罗在庄园中招待索丁王一行人吃晚饭,交谈中,土拉罗觉得这个商人谈吐不俗、气质非凡,根本不像商人。

第二天,索丁王要去热那亚城,并问土拉罗,城中有没有好的旅馆,土拉罗就说:"正好,我也要回家,就和你们一起进城吧。"

土拉罗悄悄吩咐仆人先进城回家告诉夫人准备盛大宴

行为、语言描写

表现出了土拉罗的热情好客。

席,然后,和索丁王一行人骑马进城。

土拉罗把索丁王领到自己家,说:"城里的旅馆再好,也没有家里方便,你还是住在我家吧。"

索丁王见盛情难却,就答应了。这时,土拉罗夫人已经准备好宴席,请客人入席。

就这样,索丁王在土拉罗家住了两天,临行时,土拉罗还送给索丁王一件皮袍子,说:"你到巴黎还有很远的路,这衣服路上穿。"

索丁王非常感激土拉罗的救命之恩和盛情款待。他接受了皮袍子,向土拉罗告辞。

不久,土拉罗要去参加十字军,分别时,他和妻子抱头痛哭,妻子说:"亲爱的,我永远等着你。"

语言描写

土拉罗并不希望妻子一直等下去,于是和她做了约定。

"不,"土拉罗说,"我去东方打仗,还不知能不能活着回来,如果你在一年一个月零一天之内听不到我还活着的消息,就改嫁他人,即使你不嫁,你的兄弟们也会劝你改嫁的。"

妻子从手上取下结婚戒指,给丈夫戴上,让他在孤独的时候看见戒指,就如同看见妻子。

二人洒泪而别。

十字军东征过程中遇到许多困难,瘟疫流行,许多士兵都病死了。土拉罗所在的部队被索丁王的大军打败,土拉罗也被俘,押解到埃及。

叙述说明

土拉罗让热那亚商人带口信回去给自己的妻子。

土拉罗隐瞒了自己的贵族身份,因为贵族战俘要交大笔赎金,他自称是部队里的养鹰人。正巧,索丁王的宫中缺少养鹰人,于是土拉罗就被送到宫里做了养鹰人。他试图逃跑,都没有合适的机会。有一次出宫,他碰到一个熟悉的热那亚商人,就请他捎口信给妻子,说他还活着,一有机会就回去。当时,旁边有宫廷官员,没有机会多说话,土拉罗只好匆匆告辞。

有一天,索丁王忽然想看看他的鹰,便来到养鹰的地方。他见一个养鹰人有点面熟,就把他叫到跟前。仔细一看,索丁王认出了这个养鹰人正是救过他性命的土拉罗。土拉罗也认出了国王竟是他救过的商人。

土拉罗就像睡着了一样,迷迷糊糊,什么都不知道,但他的身体已经腾空而起,在天上飞行。

~~索丁王给了土拉罗优厚的待遇,让他住在宫中,可是土拉罗离开家已经快一年零一个月了,只差几天,就是和妻子约定的最后期限。他不知道那个热那亚商人把口信带到没有,所以整天唉声叹气。~~

国王见状,问他为何发愁,他就把和妻子约定的最后限期的事告诉了国王,即使国王现在让他回家,几天时间也不可能到达遥远的热那亚。国王听后,劝他不要着急,因为宫中有一位巫师能施展法术让人一夜之间飞越上千里的路。

于是,国王让人给土拉罗换上阿拉伯长袍和头巾,又让他随身带了许多宫廷珍宝。然后,巫师给他喝了药水,做起法来。

土拉罗就像睡着了一样,迷迷糊糊,什么都不知道,但他的身体已经腾空而起,在天上飞行。

~~也不知飞了几天,土拉罗醒来时,发现自己正站在热那亚的一条街上。~~他见前面有一所豪华的住宅,人们从大门口进进出出,就问旁边的人那是谁的家,发生了什么事。那个人说:

"这是一个贵族的家,他今天要娶土拉罗夫人,听说土拉罗先生在十字军中得病死了。"

土拉罗一听大吃一惊,断定那个熟悉的热那亚商人由于种种原因没有把口信带到。他急忙打听详情,那人就告诉了他。

原来，那场瘟疫中有个和土拉罗同名的热那亚人病死了。消息传来热那亚，土拉罗夫人误以为丈夫已死，十分伤心。后来，有个贵族向她求婚，她不同意，她的兄弟们劝她改嫁。无奈，她说要等到和丈夫约定的最后期限。现在期限已到，那贵族在家中正要举行婚礼。

细节描写
叙述了土拉罗夫人愿意改嫁的原因。

土拉罗听罢，才知道今天来得正是时候。他想看看妻子对他是什么态度，于是就装作贺喜客人，走进了那个贵族的家。

他看到客人们都坐在餐桌旁，正准备开始婚礼宴会。他也找了个位子坐下来，他一身阿拉伯人装扮，满脸留着大胡子，在座的客人都没有认出他。土拉罗夫人和那个贵族也看到了他，但都没有认出他。

他见妻子脸上一点儿笑容都没有，心想妻子并没有忘记他。他叫过一个仆人，让他对新娘说，按照阿拉伯人的风俗，新娘应该斟满一杯酒，敬给客人，客人喝一半，剩下的一半新娘喝完。仆人立刻把话对新娘讲了。

语言描写
土拉罗这么做有什么目的呢？

果然，土拉罗夫人端着一杯酒来到他身边，请他喝酒。这时，土拉罗已经悄悄把分别时妻子给他的结婚戒指放进嘴里，趁喝酒时，把戒指吐入杯中。土拉罗夫人接过杯子，低头刚要喝酒，忽然看到杯中有一枚戒指，她认出这正是分别时，她送给丈夫的戒指。她抬头仔细打量这阿拉伯人，猛然认出这人就是土拉罗，她兴奋地大叫："土拉罗！"

叙述说明
土拉罗夫人认出了自己的丈夫。

不知是高兴还是悲伤，她一下子晕倒在土拉罗的怀中。

人们得知事情真相后，纷纷向他们表示祝贺，那个贵族也大度地祝贺他。

国王的故事讲完了，女郎们都被土拉罗夫妻的爱情感动了。

国王又让没有讲故事的人都讲了故事。

最后，国王说："今天的故事就讲到这里吧。我们从佛罗伦萨城里出来已经十几天了，每天在这风景如画的田野游玩，在鸟语花香的花园讲故事。从这些故事中，我们看到了崇高，也看到卑鄙，我们有时哈哈大笑，有时却伤心落泪，总之，我们学到了许多平时学不到的东西。"

"我们轮流做国王和女王，学到了如何使大家过得愉快，我们轮流讲故事，又学到了如何与朋友们相处。"

"如今，我们都已经担任过国王或女王，如果大家都同意的话，我们明天就回去吧。"

大家经过讨论，一致同意国王的意见。

国王把总管叫过来，吩咐他整理行李，明天回去。

接着，大家像往常一样吃饭，然后唱歌。最后，国王让大

语言描写

国王对在外的这十几天做了总结，认为各自都学到了不少东西。

语言描写

国王提议第二天回家。

家早点休息,明天好回去。

第二天一早,国王领大家走上了回家的路。

拓展阅读

名师点拨

第十天的故事讲完了,每个人都做了一次国王,在十天里,大家感受到大自然的爱,从故事中体会人性的善与恶,各自都有了不小的收获。

回味思考

1.圭蒂耶里是怎么证明妻子是贤德的?

2.《慷慨之至》这个故事告诉我们什么?

3.土拉罗是怎么回到热那亚的?

好词收藏

乐善好施　无地自容　三番五次　赤胆忠心　羞羞答答

好句积累

🔵住在土拜城的富翁米力多听说拉太的名声之后,也想得到同样的好名声,于是他开始施舍钱财给穷人。

🔵米力多一看,这老人就是昨天给他出主意的老人,米力多这时也明白,昨天的老人就是拉太。

🔵他的下属三番五次劝他早些结婚生子,将来也好有人继承他的爵位,国不可一日无主。

阅读练习

知识考题

一、填空题

1.薄伽丘是＿＿＿＿＿＿文艺复兴运动的杰出代表，＿＿＿＿＿＿主义杰出作家。与诗人＿＿＿＿＿＿、＿＿＿＿＿＿并称为"佛罗伦萨文学三杰"。其代表作＿＿＿＿＿＿是欧洲文学史上第一部现实主义作品。它批判宗教守旧思想，主张＿＿＿＿＿＿，被视为文艺复兴的宣言。

2.薄伽丘既以＿＿＿＿＿＿、传奇小说蜚声文坛，又擅长写作＿＿＿＿＿＿＿＿＿＿＿、＿＿＿＿＿＿、十四行诗，在学术著述上也成就卓著。传奇小说＿＿＿＿＿＿是薄伽丘的第一部作品，大约写于＿＿＿＿＿＿年左右。

3.乔万尼·薄伽丘所著的《十日谈》是世界文学史上具有巨大社会价值的文学作品；意大利近代著名评论家桑克提斯曾把《十日谈》与但丁的＿＿＿＿＿＿并列，称之为＿＿＿＿＿＿。

二、判断题

1.十个去乡下居住的年轻人里，有四位是男士。　　　（　　）

2.在库多尔先生家，贝特拉夫人和杰特虽然经常见面，但互相并不知道对方就是日思夜想的亲人。　　　（　　）

3.国王最后娶了两位孪生少女。　　　（　　）

4.第奥诺提出的故事的主题是妻子偷情，欺骗丈夫。　　　（　　）

5.大家每天中午都会午休。　　　（　　）

三、简答题

1.土拉罗是怎么回到热那亚的？

2.斯克尔为什么说巴龙家族是世界上最古老的家族呢？

参考答案

一、填空题

1.意大利　人文　但丁　彼特拉克　《十日谈》　"幸福在人间"
2.短篇小说　叙事诗　牧歌　《菲洛柯洛》　1336　3.《神曲》　"人曲"

二、判断题

1. ×　2.√　3. ×　4.√　5.√

三、简答题

1.国王让巫师给土拉罗喝了药水,作起法来。接着土拉罗就像睡着了一样,迷迷糊糊,什么都不知道,但他的身体已经腾空而起,在天上飞行,几天之后,他回到了热那亚。

2.因为上帝在创造巴龙家族的人时还没有学好雕塑,而创造别人时已经把雕塑学得很好了,所以巴龙家的人长得就像小孩胡乱捏的泥娃,不是鼻子歪,就是眼睛斜;有的一只眼睛大一只眼睛小;有的头像个冬瓜,有的头像土豆。而别人则五官端正,可见,巴龙家最古老。

读 后 感

《十日谈》读后感

本书的开头所描述的是1348年在佛罗伦萨的一场瘟疫,人们为了不感染上瘟疫,即使是自己的亲人也会置之不理,还有不少人是被误以为患上了瘟疫而被活埋而死。就在这样的情况下七位年轻少女和三位男青年走到了一起，一行人朝着一栋远离瘟疫的别墅前进着。他们决定每个人当一天国王，就在这样一个令人心旷神怡的地方，一个个故事拉开了序幕。

《十日谈》抨击了封建特权和男女不平等。薄伽丘主张，人的高贵并不取决于出身，而是决定于人的才智。即便是伺候国王的马夫，其仪表和智慧同国王相比毫不逊色。不少故事叙述了在争取幸福的斗争中，出身微贱的人往往以自我的智慧、毅力战胜封建主和贵族。薄伽丘揭示了这样一条真理：贫穷不会磨灭人的高贵品质，穷人家往往出现圣贤，倒是高贵叫人丧失了志气，帝王家子弟只配放猪牧羊。他还摒弃了中世纪僧侣主义诬蔑女人代表罪孽的陈腐观念，赞美妇女是自然的美妙造物，主张妇女就应享有跟男人平等的地位。

薄伽丘在许多故事里把抨击的锋芒指向天主教会和宗教神学，毫不留情地揭开教会神圣的面纱，把僧侣们奢侈逸乐、敲诈聚敛、买卖圣职、镇压异端等种种黑暗勾当，统统暴露在光天化日之下。

薄伽丘也不止于对僧侣的个人品质进行抨击。他的批判要深刻得多。他追根究底，毫不留情，矛头直指教廷和宗教教义。他在一些故事中展示出，僧侣们道貌岸然，满口仁义道德，骨子里却男盗女娼，是十足的伪君子。其根源盖出于教会的教规，出于教规的虚伪性和反人性。薄伽丘对教会的批判，表达了当时的城市平民阶级对神权的不满。

图书在版编目（CIP）数据

十日谈/（意）乔万尼·薄伽丘著;李坤编译. -- 北京：
煤炭工业出版社，2017
ISBN 978 - 7 - 5020 - 5885 - 2

Ⅰ.①十… Ⅱ.①乔… ②李… Ⅲ.①短篇小说—小
说集—意大利—中世纪 Ⅳ.①I546.43

中国版本图书馆 CIP 数据核字（2017）第 117435 号

十日谈

著　　者　（意）乔万尼·薄伽丘
编　　译　李　坤
责任编辑　刘少辉
封面设计　宋双成

出版发行　煤炭工业出版社（北京市朝阳区芍药居 35 号　100029）
电　　话　010 - 84657898（总编室）
　　　　　　010 - 64018321（发行部）　010 - 84657880（读者服务部）
电子信箱　 cciph612@126. com
网　　址　www. cciph. com. cn
印　　刷　北京凯达印务有限公司
经　　销　全国新华书店

开　　本　710mm×1000mm$^1/_{16}$　**印张**　12　**字数**　180 千字
版　　次　2017 年 7 月第 1 版　2017 年 7 月第 1 次印刷
社内编号　8765　　　　　　　　**定价**　23. 80 元